古體小説叢刊

剪燈新話

〔明〕瞿佑 著
向志柱 點校

中華書局

圖書在版編目(CIP)數據

剪燈新話/(明)瞿佑著;向志柱點校. —北京:中華書局,2020. 11(2023. 11 重印)
(古體小説叢刊)
ISBN 978-7-101-14728-5

Ⅰ.剪… Ⅱ.①瞿…②向… Ⅲ.筆記小説-小説集-中國-明代 Ⅳ.I242.1

中國版本圖書館 CIP 數據核字(2020)第 164391 號

責任編輯:許慶江
責任印製:管 斌

古體小説叢刊
剪 燈 新 話
〔明〕瞿 佑 著
向志柱 點校
*
中 華 書 局 出 版 發 行
(北京市豐臺區太平橋西里 38 號 100073)
http://www.zhbc.com.cn
E-mail:zhbc@zhbc.com.cn
三河市宏盛印務有限公司印刷
*
850×1168 毫米 1/32 · 7⅜印張 · 2 插頁 · 140 千字
2020 年 11 月第 1 版 2023 年 11 月第 3 次印刷
印數:5001-6000 册 定價:32.00 元

ISBN 978-7-101-14728-5

《古體小説叢刊》出版説明

中國古代小説的概念非常寬泛，内涵很廣，類别很多，又是隨着歷史的發展而不斷演化的。古代小説的界限和分類，在目録學上是一個有待研究討論的問題。古人所謂的小説家言，如《四庫全書》所列小説家雜事之屬的作品，今人多視爲偏重史料性的筆記，我局已擇要編入《歷代史料筆記叢刊》，陸續出版。現將偏重文學性的作品，另編爲《古體小説叢刊》，分批付印，以供文史研究者參考。所謂古體小説，相當於古代的文言小説。爲了便於對舉，參照古代詩體的發展，把文言小説稱爲古體，把「五四」之前的白話小説稱爲近體，這是一種粗略概括的分法。本叢刊選收歷代比較重要或比較罕見的作品，採用所能得到的善本，加以標點校勘，如有新校新注的版本則優先録用。個别已經散佚的書，也擇要作新的輯本。古體小説的情況各不相同，整理的方法也因書而異，不求一律，詳見各書的前言。編輯出版工作中不够完善之處，誠希讀者批評指正。

中華書局編輯部
二〇〇五年四月

目録

前言

瞿佑的《剪燈新話》，兼具志怪、傳奇二體，是明代最早刊行和最負盛名的傳奇小説集，也是我國第一部遭禁毁的小説，曾在東亞文化圈深具影響力，在中國古代小説史和中外文化交流史上具有重要地位。

一

瞿佑（一作瞿祐），字宗吉，號存齋。元至正七年（一三四七）生於杭州，籍貫錢塘。洪武三年至五年（一三七〇—一三七二）曾參加鄉試，未舉。洪武六年（一三七三）有司薦舉，因母老未仕。洪武十一年（一三七八）因明經被薦爲仁和訓導，後任錢塘縣學訓導、臨安教諭。洪武二十六年（一三九三）任河南宜陽訓導。建文二年（一四〇〇）任國子監助教，主要講授《春秋》，曾兼修國史，與南京文人集團唱和頗多。永樂初陞任明成祖朱棣同母胞弟周定王朱橚府右長史。瞿佑赴任前，朱棣曾派禮部尚書李至剛在端午節「招飲」，「賜衣並賜扇」，頗有命其監管周王之意。永樂三年七月，周府移榜郡縣。朱棣賜書朱橚：「夫朝廷事與王府事體不同，長史專理王府事，豈得遍行號令于封外？……仍嚴戒長史行事存大體，毋使人譏議。」根據明律，凡諸王有失，其過則在長史。永樂六年（一四〇八）四月，瞿佑「進周府表至京」，被「拘留錦衣衛」，以「輔導失職」治罪。下獄期間曾遇數次大赦，但俱未獲免。既而謫放保安（今河北涿鹿縣）十年。洪熙元年（一四二五）由英國公張輔奏請赦還，宣德元年（一四二六）召還。隨後被張輔聘爲西賓，任教三年。因八十高齡蒙赦歸京，瞿佑遂自號樂全叟。宣德三年（一四二八）經吏部尚書蹇義奏請，歸休南下。宣德五年歸居錢塘，時妻子富氏和幼子俱已辭世。宣德八年（一四三三）卒，享年八十七歲。

瞿佑少有詩名，學博才贍，得到章彦復、凌雲翰、楊維楨等稱賞。三十二歲釋褐入仕，後卷入政治漩渦，抑鬱不得志。讀書之暇，性善著述，計有《存齋詩集》、《資治通鑑綱目鐫誤》、《聞史管見》、《香臺集》、《詠物詩》、《存齋遺稿》、《樂府遺音》、《歸田詩話》、《剪燈新話》、《剪燈録》等近三十種，但今存不及三分之一〔二〕。

〔二〕瞿佑永樂十九年在《〈剪燈新話〉後序》中自舉二十種：「治經則有《春秋貫珠》、《春秋捷音》、《正葩掇英》、《誠意齋課稿》，閲史則有《管見摘編》、《集覽鐫誤》，作詩則有《鼓吹續音》、《風木遺音》、《樂府擬題》、《屏山佳趣》、《香臺集》、《采芹稿》，攻文則有《名賢文粹》、《存齋類編》，（轉下頁注）

瞿佑撰著小説《剪燈録》和《剪燈新話》兩種。據永樂十九年瞿佑《重校〈剪燈新話〉後序》：「昔在鄉里，編輯《剪燈録》前後續别四集，每集自甲至癸分爲十卷，又自爲一詩題於集後。」可見《剪燈録》爲四集四十卷，即使每卷僅五篇，全書也是數量可觀的二百篇。《剪燈録》爲《剪燈新話》的創作導夫先路，也爲瞿佑帶來了不少聲名：「辛苦編書百不能，搜奇述異費溪藤。近來陸覺虛名著，往往逢人問剪燈。」可惜《剪燈録》在當年即已亡

（接上頁注）填詞則有《餘清曲譜》、《天機雲錦》，纂言紀事則有《遊藝録》、《剪燈録》、《大藏搜奇》、《學海遺珠》等集」，加上《剪燈新話》，計二十一種，但「散亡零落，略無存者」。徐伯齡《蟫精雋》卷四則舉瞿佑著作二十八種：「所著有《通鑑集覽鐫誤》、《香臺集》、《剪燈新話》、《樂府遺音》、《歸田詩話》、《興觀詩》、《順承稿》、《存齋遺稿》、《詠物詩》、《屏山佳趣》、《樂全稿》、《餘清曲譜》、《保安新録》、《保安雜録》等集，見存其目。喪亂以來，所亡者往往人爲惜之，如《剪燈録》、《采芹稿》、《春秋貫珠》、《春秋捷音》、《正葩掇英》、《誠意齋稿》、《管見摘編》、《鼓吹續音》、《風木遺音》、《存齋類編》、《天機雲錦》、《遊藝録》、《大藏搜奇》、《學海遺珠》等集，兹不可復得也。」二者合併，共得瞿佑著作二十九種（把《樂府擬題》和《樂府遺音》視作同書；若爲二書，則三十種）。今存《香臺集》、《詠物詩》、《樂全稿》、《樂府遺音》、《天機雲錦》、《歸田詩話》、《資治通鑑綱目集覽鐫誤》、《剪燈新話》及佚作散篇等（參見喬光輝《瞿佑全集校註》，浙江古籍出版社二〇一〇年）。

佚。事實上，給瞿佑生前身後、國内國外帶來巨大毀譽的還是《剪燈新話》。

二

《剪燈新話》存在兩個版本系統：一是早期抄刻本系統，二是晚年重校本系統。前賢時彦論述較多〔一〕，但對早期抄刻本系統一直語焉不詳。《剪燈新話》章甫言本、上圖殘本等新資料的發現，爲重新梳理《剪燈新話》的版本衍變提供了條件。

〔一〕主要有［法］陳慶浩《瞿佑和剪燈新話》（臺灣《世界漢學》一九八八年第六期），陳益源《〈剪燈新話〉與〈傳奇漫録〉之比較研究》（臺灣學生書局一九九〇年），［日］市成直子《關於〈剪燈新話〉的版本》（《上海大學學報》一九九五年第三期），陳大康、漆瑗《〈剪燈新話句解〉「明嘉靖刻本」辨——兼論該書在朝鮮李朝的流傳與影響》（《文學遺産》一九九六年第五期），徐朔方《瞿佑的〈剪燈新話〉及其在近鄰韓、越和日本的回響》（《小説考信編》，上海古籍出版社一九九七年），［韓］崔溶澈：《明代傳奇小説〈剪燈新話句解〉在朝鮮的傳播》（《中國文學研究》輯刊第六期），喬光輝《明代〈剪燈〉系列小説研究》（中國社會科學出版社二〇〇六年）和《由黄正位刊本看瞿佑晚年對〈剪燈新話〉的重校》（《明清小説研究》二〇一一年第二期），陳純禎《瞿佑〈剪燈新話〉研究》（東吳大學二〇〇九年博士學位論文），以及筆者相關論文論著等。

其一，洪武十一年（一三七八）至永樂年間存在《剪燈新話》抄刻本，未見。《剪燈新話》創作於瞿佑隱居吴山之陽時。瞿佑自序於洪武十一年（一三七八）六月朔日，表明此時《剪燈新話》已經完成。永樂十九年瞿佑在後序中亦明確表明「抑是集成於洪武戊午歲，距今四十四祺矣」。隨後《剪燈新話》「爲好事者傳之四方，抄寫失真，舛誤頗多；或有鏤版者，則又脱略彌甚」，錯漏較多。

其二，永樂十九年（一四二一）瞿佑重校的胡子昂收藏本及唐岳、汪彦齡的謄抄本，未見。胡子昂從四川蒲江文學掾田以和處得到《剪燈新話》四卷本後，令人謄録成帙，然多魯魚亥豕之失，經唐岳推薦，瞿佑親自爲之校正，後由胡子昂收藏。胡子昂在永樂二十年（一四二二）死難於興和，其藏本下落不明。唐岳、汪彦齡據瞿佑重校本謄録收藏。瞿佑本人似未保存重校本。

其三，宣德八年至正統二年（一四三三—一四三七）張光啓刻本及其後的翻刻本，存殘本。張光啓校刊《剪燈新話》，起意於宣德八年癸丑（一四三三）七月任職福建建寧府建陽知縣時。據［嘉靖］《汀州府志》卷十一《歷官·上杭縣·知縣》：劉紹永樂四年任，梁貞永樂六年任，沈新永樂十年任，張光啓永樂十五年任，劉伯蕴洪熙元年任。張光啓任職約八年。［嘉靖］《建陽縣志》卷二《知縣》：徐鐸洪熙元年任，張光啓宣德四年任，何景春正統二年任，王原善正統四年任。另何景春宣德三年任縣丞。張光啓任職約九年。張光啓刻本似較爲粗糙，遂有楊氏清江堂本的重新校正。上海圖書館藏《剪燈新話》殘本，存一册。《渭塘奇遇記》存後半部分，《富貴發跡司志》、《永州野廟記》、《申陽洞記》、《愛卿傳》、《翠翠傳》、《龍堂靈會録》、《太虛司法傳》、《修文舍人傳》、《鑑湖夜泛記》、《緑衣人傳》等十篇，完好無闕。卷末題「新刊京傳足本剪燈新話卷之終」，不分卷，未見題記等。每篇起始頁爲上圖下文，圖計十幅。現圖有彩色，係原藏者塗染。殘本與《剪燈餘話》合刊，可知屬於張光啓刻本系統，是現存最早的《剪燈新話》全本。今清江堂本《龍堂靈會録》、《太虛司法傳》、《修文舍人傳》三文有闕，上圖殘本與清江堂本近同，恰可補闕，校勘價值較高。其中《修文舍人傳》雜糅甚突出，《翠翠傳》則溢出多處。與殘本同時合刊的《剪燈餘話》，卷端題《新刊校正足本剪燈餘話》，題李昌祺編撰、劉子欽訂定、「上杭縣知縣盱江張光啓校刊、建陽縣縣丞何景春同校繡行」，分二卷。卷一包括今清江堂本《剪燈餘話》的卷一卷二和卷三的《鳳尾草記》；卷二包括清江堂本的卷三卷四和《至正妓人行》，以及清江堂本未收的《賈雲華還魂記》。《賈雲華還魂記》係殘本，闕後半部分。日本天理大學圖書館藏《剪燈餘話》，起第五卷訖第九卷，卷八卷九題《新刊剪燈新餘話》，當是卷一至卷四爲《新話》和卷五至卷九爲《餘話》的合刻格局。然未見《新話》。《餘話》卷首與上圖藏本相同，但已删「建陽縣縣丞何景春同校繡行」，應爲翻刻本。

其四，宣德年間至正統七年（一四四二），當有較精善的早期刻本，未見。《剪燈新話》存在一個較精善的早期刊本，並且十分暢銷，正統七年引起國子監祭酒李時勉（曾爲李昌祺《剪燈餘話》作序，應瞿佑從弟瞿宗尹次子瞿迎之請作《錢唐瞿處士宗尹墓誌銘》）上書言禁：「近年有俗儒，假托怪異之事，飾以無根之言，如《剪燈新話》之類，不惟市井輕浮之徒争相誦習，至於經生儒士，多捨正學不講，日夜記憶，以資談論。若不嚴禁，恐邪説異端日新月盛，惑亂人心，實非細故。乞敕禮部行文内外衙門，及提調學校僉事、御史並按察司官巡歷去處，凡遇此等書籍，即令禁毁。有印賣及藏習者，問罪如律。庶俾人知正道，不爲邪妄所惑。」（參见《明英宗實録》）英宗採納其言。能够讓經生儒士「日夜記憶」之版本，當刻印較精善。可惜令行禁止，《剪燈新話》由是焚毁，景泰間鮮有人提及。今國家圖書館藏《剪燈餘話》，尚見成化三年（一四六七）劉定之跋：「是編初出，少年子争傳之，甚至國學生袖以坐班吾伊。於是祭酒李文毅奏禁之，近年復出。」據此則知「二話」重出，約在憲宗成化元年（一四六五）前後。今存章甫言刻本、黄正位校本、虞淳熙序本及《太平通載》（殘本）、《稗家粹編》選本，文字相近，俱屬於早期抄刻本系統，應追溯及此本。

其五，天順年間（約一四五七—一四六三）刊行的瞿暹刻本，未見。瞿佑永樂十九年重校之後，並未留下底本。據劉兹正統九年（一四四四）《樂全稿序》：「又知其平生所作甚多，皆藏於其次子訓導達處。今先生之猶子四：迪、迎、暹、遡，共圖鋟梓。」説明瞿佑的著作當時未刊，從弟宗尹之子瞿暹等姪輩有刊刻之意。又陳敏政在天順七年《樂府遺音序》中指出：「其於先生遺文，若《興觀集》，若《詠物詩》，若《剪燈新話》、《集覽鐫誤》，俱已刊刻，其餘蓋將次第刊之未已也。」可見天順七年之前，瞿佑著作已由瞿暹等至少刊印四種。今見《樂府遺音》、《歸田詩話》、《樂全稿》等藏本，確由瞿暹等梓行。在正統七年至景泰年間的禁毁期裏，瞿暹應有忌憚，未刻《剪燈新話》。若正統七年之前刊行過《剪燈新話》，應已焚毁，天順年間亦需再刻印。因此，瞿暹所刻《剪燈新話》重校本，在天順初年（最遲在天順七年）爲宜。該本傳入朝鮮後，成爲《剪燈新話句解》的底本。日本慶安元年翻刻本《剪燈新話句解》，在「姪瞿暹刊行」之後，還有「杭州在城官亭橋經坊郤家印行」字樣，接近瞿暹原本。今内閣文庫所藏《剪燈新話句解》，删掉「杭州在城官亭橋經坊郤家印行」，作上下兩卷，屬於翻刻本。

其六，成化九年（一四七三）前傳入朝鮮本，存佚未定。李朝文人李邊（一三九一—一四七三）編纂漢語課本《訓世評話》，成於一四七三年六月，選録文言故事六十五條，删略後譯成白話，其中下卷收録的《羅愛愛》條，中有「以銀伍佰兩聘焉」和「聘之二年」等文字，顯然出自早期刊本。《剪燈新話》早期刊本傳入朝鮮，應不遲於一四七三年（即李邊卒年）。李朝文人成任（一四二一—一四八四）所編《太平通載》，刊印於成宗二十三年（一四九二），今存殘本，選收《剪燈新話》六篇，即卷七《鐵冠道人》（原題《牡丹燈記》）、卷十九《何友仁》（原題《富貴發跡司志》）、卷六七《馮大異》（原題《太虛司法傳》）、《滕穆》（原題《滕穆醉遊聚景園記》）、《夏顔》（原題《修文舍人傳》）、《全賈二子》（原題《華亭逢故人記》）。其中《華亭逢故人記》係其獨家收録。依殘本所收頻率，《太平通載》很可能分散收録了《剪燈新話》全本。《太平通載》係《剪燈新話》今見最早選本。文字與章甫言刻本、《稗家粹編》和黄正位校本接近，應源自早期抄刻本系統，非晚年定本系統，對探討早期抄刻本系統具有重要意義。至於金時習（一四三五—一四九三）學習《剪燈新話》後，於一四七〇年前模仿創作完成《金鰲新話》，其使用的《剪燈新話》版本如何，待考。「剪燈」二話往往合刻，或有《剪燈新話》刻本於此時刊行。李朝謝恩使所購者或是此本或翻刻本，影響了《太平通載》的編纂。

其七，成化丁未二十三年（一四八七）余氏雙桂堂重刊本，未見。今内閣文庫淺草文庫存《新刊全相剪燈餘話》，在《連理樹記》、《武平靈怪録》、《幔亭遇仙録》、《泰山御史傳》等篇目後標明或有牌記：「成化丁未年孟冬書林雙桂堂重刊」、「成化丁未冬余氏刊」、「雙桂堂刊行」、「元白遺音」篇末題「書林雙桂堂新刊」。卷首署劉子欽訂定和「上杭縣知縣盱江張光啓校刊，建陽縣縣丞何景春同校繡行」。應屬於張光啓刻本的翻刻本，插入單面插圖二十幅。據此可推，成化二十三年或有《剪燈新話》刊刻。

其八，正德六年（一五一一）楊氏清江堂刊刻本，今存。國家圖書館藏清江堂本，卷一題「古杭山陽瞿祐宗吉編著，清江書堂楊氏重校刊行，書林正巳詹吾孟簡圖相」，卷三卷四則未標注校刊者，附録《秋香亭記》署「建陽縣知縣張光啓校正」，顯然是採納了張光啓所刻本。成於一五四〇年的《百川書志》卷六著録該本。清江堂本以早期刻本爲底本，參校過瞿暹刻本，介入章甫言本與瞿暹刻本之間。清江堂本上圖下文，但古拙粗糙，藝術水平不高。該本與《剪燈餘話》合刊。餘話卷首題李昌祺編撰、劉子欽訂定外，尚署「上杭縣知縣盱江張光啓校刊，建陽縣縣丞何景春同校繡行」。日本天理大學圖書館卷首則删「建陽縣縣丞何景春同校繡行」，應爲翻刻本。

其九，嘉靖後期（一五四九年後）章甫言刻本，今存。國家圖書館所藏《剪燈新話》與《剪燈餘話》合刊，然未見學界論及。《剪燈新話》卷首題「山陽瞿祐宗吉著」，《剪燈餘話》卷首則題李昌祺編撰、劉子欽訂定等。《剪燈新話》瞿佑序及卷一的版心或書口等處有刻工姓名：章甫言、甫言，另在多處有章右之、顧誠、晏等刻工姓名。合刻的《剪燈餘話》在版心處有章扞、章右之、扞、顧、晏等姓名。章甫言、章右之等，生卒年不詳，係明代中期蘇州地區著名刻工，刻書豐富，今見明確年份的刻書主要集中在嘉靖後期和萬曆早期。今見章甫言刻書最早者爲嘉靖二十八年（一五四九）周國南川上草堂刻本《周恭肅公集》十六卷，最遲者爲萬曆八年（一五八〇）刻本《文選纂注》十二卷；章右之刻書最早者爲隆慶三年（一五六九）聽雨山房刻本《龍江集》十四卷，最遲者爲萬曆十七年（一五八九）吴郡王氏家刊本《王奉常集》六十九卷；章扞刻書最早者爲嘉靖七年（一五二八）《周禮集注》七卷，最遲者爲萬曆十年（一五八二）《名公翰藻》五十卷。《剪燈新話》係章甫言、章右之等刻，當屬於嘉靖後期或萬曆早期。該刊本刻印精善，黄正位本當屬於章甫言刻本的翻刻本。

其十，嘉靖三十八年至萬曆年間（一五五九年之後）刊刻的朝鮮句解本和日本句解本，今存。現存《剪燈新話句解》本，係最早的注釋本。屬於瞿佑晚年定本系統，以瞿暹刻本爲底本。卷首多題「滄州訂正（晚出者和翻刻者多作『訂立』）」，垂胡子集釋」。林芑（頜下有垂肉，自號垂胡子）於李朝明宗二年（即嘉靖二十六年，一五四七），進行詳細注釋。成書出版則在兩年後，由宋糞木活字排印，但效果不很理想。尹春年（字滄州，一五一四—一五六七年，曾編輯刊行《金鰲新話》）兼提調校書館後，屬員尹繼延提出再刊。尹春年進行少量訂正，注釋較前版簡練，刊於明宗十四年（即嘉靖三十八年，一五五九）。今韓國奎章閣所藏刻本，係尹繼延手書，是句解本祖本。五年後（即嘉靖四十三年，一五六四）第三版問世，内容如前，加入尹春年跋。隨後該本流入日本，有慶長、元和年間活字翻刻本等。現日本内閣文庫所藏句解本乃翻刻本，有林信勝（號羅山，一五八三—一六五七，德川幕府時期儒學家，曾編輯中國故事爲《怪談全書》）於慶長七年（一六〇二）抄補序跋。文後有一行文字：「壬寅之冬十月初五，於旅軒燈下而終朱墨之點，書生林信勝識之。」朝鮮、韓國和日本現存多種句解本版本。有上下二卷本、上中下三卷本、四卷本等不同。亦有目録分四卷，但正文分上中下三卷本者。

其十一，萬曆二十一年（一五九三）虞淳熙序本，今存。《明清善本小説叢刊》初編（天一出版社一九八五年）影印。據陳益源查實，該本系乾隆五十六年刊本，來源於日本山内文庫藏萬曆二十一年《剪燈叢話》合刻本。該本前有虞淳熙（一五五三—一六二一）《剪燈新話題辭》，落款作「萬曆癸巳中冬金牛湖蘆人虞淳熙題」。虞淳熙系萬曆癸未進士，官至吏部主客司員外郎，改吏部司勳郎中。萬曆二十一年（一五九三）三月，削職爲民，隱居西湖，題辭即寫于當年十一月。天啓刻本《虞德園先生集》卷四收有該序，題《剪燈叢話題辭》，但無落款時間（該集中序跋均删落款時間）。該本删《華亭逢故人記》，分卷一卷二，把《天台訪隱録》與《永州野廟記》互换順序，《秋香亭記》闌入卷二，不再作爲附録。該本遇到存疑處，常予以删削，從而較少訛誤，但已非原貌了。

其十二，萬曆二十二年（一五九四）胡文焕序刻《稗家粹編》選本，今存。《剪燈新話》刊行後，在萬曆年間被廣泛轉載。《艷異編》收六篇，《廣艷異編》收二篇，《續艷異編》收二篇，《古本艷異編》收四篇，《繡谷春容》收一篇，《萬錦情林》收五篇，林本《燕居筆記》收四篇，何本《燕居筆記》收六篇，余本《燕居筆記》收六篇，《緑窗女史》收六篇，《情史》收六篇，《一見賞心編》收三篇，《國色天香》摘要收録一篇，涉及《剪燈新話》十七篇。今國家圖書館藏文會堂刊本《稗家粹編》八卷，收録十一篇，篇目最多，超過《剪燈新話》的一半，且《永州野廟記》、《修文舍人傳》、《太虚司法傳》、《富貴發跡司志》等四篇不見於國内他本，且刊刻時間普遍早於其他選本，是《剪燈新話》最重要的選本。

其十三，萬曆三十年（一六〇二）前後黄正位校本，今存。日本早稻田大學圖書館藏全本；國家圖書館藏本，僅存卷四。《龍堂靈會録》一篇，早稻田本與國圖本有兩葉不同，早稻田本係翻刻。卷首題「山陽瞿祐宗吉著，新安黄正位黄叔校」。具體刊刻時間不詳。黄正位爲萬曆時徽州府歙縣人，生卒不詳。世業刻書，刻坊名爲「尊生館」，所刻《陽春奏》今存萬曆三十七年（一六〇九）于若瀛序，《虞初志》今存萬曆丙午（萬曆三十四年，一六〇六）謝肇淛序。據此推算，黄正位所刊《剪燈新話》當刻於萬曆三十年前後，遲於萬曆二十二年胡文焕序本《稗家粹編》。黄正位本當屬章甫言本的翻刻本，篇目及目録順序一致，出現的錯訛也幾乎一致。黄正位校本錯訛較少，屬於精善之本，但不排除以句解本進行了參校。黄正位本有雙面對連式插圖二十幅，繪刻精美。合刊本《剪燈餘話》具有同樣版式和插圖形式。黄正位校本與章甫言刻本、虞淳熙序本、《稗家粹編》及朝鮮《訓世評話》、《太平通載》（殘本）出自同一版本系統。

其十四，一九一七年董康誦芬室刊本，今存。董康以國内殘存的《剪燈叢話》爲底本，校以日本慶長活字句解本，收入《誦芬室叢刊二編》，實爲雜燴本。

其十五，今人周楞伽（周夷）校注整理的一九五七年和一九八一年排印本，今存。周楞伽主要依誦芬室本，但有所妄改。並且加以新式注釋，附録《剪燈餘話》、《剪燈因話》而成「剪燈三話」，影響巨大，今爲通行本。該本係《剪燈新話》的最早新式標點注釋本。

上舉《剪燈新話》各版本，其中對探討版本問題具有較重要意義的刊本有三種。一是句解本，係《剪燈新話》通行本，經瞿佑晚年親自校正，體現了瞿佑途窮歲晚的晚年心態。二是章甫言刻本，係《剪燈新話》早期刊本，體現瞿佑最初的炫才炫學心態。三是《稗家粹編》，係《剪燈新話》最重要的選本，保留了早期版本的較多特徵，並且具有明確的序刻時間和出版時間，有利於建立坐標系，加强研究的科學性。

三

永樂十九年（一四二一），瞿佑七十五歲時在保安城南寓舍，在胡子昂得之於四川蒲江的《剪燈新話》四卷本底本上進行校正。然後唐岳、汪彦齡親爲謄録收藏，字畫端楷，極爲精緻。瞿佑在後序中坦陳：「彼時年富力强，鋭於立言。或傳聞未詳，或鋪張太過，未免有所踈率。今老矣，雖欲追悔，不可及也！覽者宜識之。」但也由此希望：「俾舛誤、脱略者，見之知是本之爲真確，或可從而改正云。」瞿佑確實希望把校正過的胡子昂本作爲定本傳世。

顯然，《剪燈新話》早期刊本中多情才子的形象定位不利於瞿佑的最終解脱。瞿佑在後期著作《歸田詩話》中所提倡的「氣象」、「胸次」，體現出濃郁的醇儒特徵。源於其自我定位的强化，瞿佑對早年刊本進行反思，對早期文本風格進行修正，使得《剪燈新話》發生由張揚到内斂、由具體到含蓄的轉變，均可視爲瞿佑晚年試圖以醇儒形象糾正早年才子形象的方式和手段〔一〕。

瞿暹天順年間刊刻《剪燈新話》晚年定本，然今已無存。正德六年（一五一一）楊氏清江堂刻本《新增補相剪燈新話大全》，以晚年定本爲準，參酌了早期刻本。嘉靖後期萬曆初期章甫言本、萬曆二十一年（一五九三）虞淳熙序本、萬曆二十二年（一五九四）序刻本《稗家粹編》選本，萬曆三十年（一六〇二）左右黄正位校本等，一致選擇了早期刻本。與晚年重校本比較，早期抄刻本更具年輕人的鋭氣，才子習氣更濃郁，顯得更張揚與率性。在陽明心學逐漸成爲主流哲學的晚明，好貨好色成爲主流世風，早年刊本與晚明社會的市民心態更容易發生共振。所以早期抄刻本比晚年定本更有市場，更受歡迎，這也是對瞿佑晚年重校行爲的消解。但在朝鮮和日本等異域風行的句解本，以瞿暹所刻晚年定本爲準，正合瞿佑心意。

今存《剪燈新話》各本之間，篇目相同，但順序和卷數略有不同。虞淳熙早期刊本系統，今見章甫言本、黄正位本均作四卷附録一卷，篇目順序相同。

〔一〕參見喬光輝《由黄正位刊本看瞿佑晚年對〈剪燈新話〉的重校》，《明清小説研究》二〇一一年第二期。

本則删去《華亭逢故人記》，成二十篇，分爲卷一、卷二兩卷，把《永州野廟記》和《天台訪隱录》對調。

晚年重校本系統，今見清江堂本、朝鮮句解本、日本句解本篇目順序相同，即把章甫言本卷四《三山福地志》、《華亭逢故人記》與卷一《鑑湖夜泛記》、《緑衣人傳》進行了對調，在分卷上略有區别。清江堂本分四卷附録一卷；句解本不論是朝鮮藏本還是日本藏本，均分上下兩卷附録一卷，即把一二卷併爲上卷，把《富貴發跡司志》闌入上卷末，把三四卷併爲下卷，仍附録一卷。但淺草文庫所藏句解本，則目録分四卷，但正文分上中下三卷。

考察《剪燈新話》的傳播歷史，有一個現象值得關注。《剪燈新話》被《艷異編》系列、《燕居筆記》等通俗類書及《稗家粹編》等廣泛選載，形成了蔚爲壯觀的選本系統，却使《剪燈新話》全本較少流傳，以致民初學界認爲國内已無全本。《剪燈新話》全本的重新流行，直到二十世紀才有改變。

其一是誦芬室本，屬於雜燴本。受條件限制，董康未見到《剪燈新話》全本，便以國内殘本，參照日本慶長活字本《剪燈新話句解》進行校補，於一九一七年刊刻爲誦芬室刊本，隨後風行國内。二三十年代則有上海中央書店、華通書局等排印本和鄭振鐸主編的《世界文庫》本。五十年代，周楞伽（周夷）以誦芬室刊本爲底本，「校以世界文庫和乾隆本、同治《剪燈叢話》本」，加以注釋，附録《剪燈餘話》、《剪燈因話》而成「剪燈三話」，於一九五七年在古典文學出版社出版繁體本，後又於一九八一年在上海古籍出版社出版簡體本。簡體本遂爲通行本，影響巨大。九十年代後，尚有顔洽茂白話全本，被收入《十大文言短篇小説今譯叢書》（上海古籍出版社一九九五年），普及化程度更高。

其二是句解本，屬於瞿佑晚年定本系統。朝鮮和日本一直存在不同的句解本翻刻本。但國内八十年代以來才有句解本的多種影印本和整理本。主要有《明清善本小説叢刊初編》（天一出版社一九八五年）、《古本小説叢刊》（中華書局一九九一年）、《古本小説集成》（上海古籍出版社一九九四年）、《朝鮮所刊中國珍本小説叢刊》（上海古籍出版社二〇一四年）影印本，及《韓國藏中國稀見珍本小説》（中國大百科全書出版社一九九七年）、《海外藏中國珍稀書系》（中國戲劇出版社二〇〇〇年）、喬光輝《瞿佑全集校註》（浙江古籍出版社二〇一〇年）等整理排印本。

以上二種構成了國内《剪燈新話》研究的基礎性文獻。此外，虞淳熙序本由天一出版社一九八五年影印出版，但應者稀；清江堂本被收入《續修四庫全書》，由上海古籍出版社二〇〇三年影印出版，因缺頁和品相等而使用不廣。

其三是章甫言刻本、黄正位校本，屬於早期抄刻本系統。喬光輝二〇一一年在《明清小説研究》首次刊文論證黄正位校本屬於早期刊本系統，驗證了整理者關於《稗家粹編》選文來源於《剪燈新話》早期刊本的觀點〔一〕。《朝鮮所刊中國珍本小説叢刊》（上海古籍出版社二〇一四年影印本）在《剪燈新話》提要中提及黄正位校本爲早期刊本。但學界應用尚少。整理者二〇一九年八月發現國家圖書館藏有章甫言刻本，迄今未見影印本和整理本，也未引起學界重視。

四

本次整理以《剪燈新話》早期刊本爲底本，而非通行的瞿佑晚年重校本，主要考慮到早期刊本最接近瞿佑最初的文學意圖，減少了晚年定本的多種干擾，有利於探察瞿佑的前後創作心態。此外，整理者以章甫言本爲底本，還有三個原因：一是章甫言本出版時間早於黄正位本（黄正位本屬於翻刻本，但添加了精美插圖，是其特色）；二是章甫言本刻工端楷，校對精良，刷印清晰，保存完好；三是章甫言本係整理者第一次向學界推介，

〔一〕向志柱《〈稗家粹編〉本異文與〈剪燈新話〉的成書》，《中國古代小説研究》第三輯（人民文學出版社二〇〇九年）。

將有助於推進《剪燈新話》的版本研究。

《西閣寄梅記》的作者，學界尚無定論。該小説寫得較爲平實，並未充分展開。瞿佑曾經編輯《剪燈録》四十卷等，久已散佚。《西閣寄梅記》或引自該書，亦未可知。周楞伽注釋本曾附録，此次整理仍然予以附録，以資參閲。《秋香亭記》常被視作瞿佑自傳體小説，但有過被重新改寫的經歷，形成了《秋香亭記》的「兩種版本」，體現出瞿佑前後不同的自傳心態。附録整理者的一篇專題論文，供讀者參考。

本次整理是否「忠臣於宗吉氏」，非我所知也。知我罪我，博雅君子鑒之！

在點校過程中，曾蒙東南大學喬光輝教授、北京師範大學李小龍副教授惠予相關資料，責任編輯許慶江博士精心編校，特此致謝！

二〇二〇年五月，向志柱識於長沙雪藏齋

凡例

一、《剪燈新話》現存兩個版本系統：一是早期抄刻本系統，二是晚年重校本系統。本次整理採用的底本和參校版本如下：

壹、章甫言刻本。國家图書馆藏本。該本僅版心出現章甫言等刻工姓名，無其他版刻特徵，約出嘉靖晚期至萬曆初期，屬於早期抄刻本系統。係整理者首次發現，本次整理以此爲底本。

貳、黄正位校本。日本早稻田大學圖書館藏全本，國家圖書館藏卷四。係章甫言刻本的翻刻本，增附插圖二十幅。與底本異文很少，用以參校。

叁、虞淳熙序本。《明清善本小説叢刊》本。與底本同源，時有删略，擇研究意義較大的異文予以出注。以上三種係與底本同源的早期刊本的全本。

肆、《稗家粹編》。國家圖書館藏本。收録《剪燈新話》十一篇，是收録《剪燈新話》篇數最多的選本。

伍、《太平通載》殘本。韓國藏本。收録《剪燈新話》六篇，是《剪燈新話》的最早選本。

以上二種係與底本同源的早期刊本的選本。

對於《艷異編》系列、《燕居筆記》系列、《情史》等選本酌情參校，但限於所附「據校書目」或篇首題注中所列。

陸、句解本。韓國藏奎章閣和日本内閣文庫本，係瞿佑晚年重校本。二者正文差別很小。整理時據日本内閣文庫本（簡稱句解本）參校，必要時覆核奎章閣本。

柒、清江堂本。國家圖書館藏本。楊氏清江堂重刊本，略有殘闕。

捌、上圖殘本。上海圖書館藏，係殘本（保留了卷三卷四全部和《渭塘奇遇記》結尾部分）。

以上二種，同時參照了早期刊本和晚年重校本，屬於張光啓刊本系統。二者差異很小，一般以清江堂本參校。對清江堂本殘闕部分，上圖殘本剛好保留，以之參校。目前學界通行的董康誦芬室刊本和周楞伽校注本，屬於雜燴本，已非《剪燈新話》原貌，原則上不作參校。

二、整理本儘可能保持原貌。對底本中的異體字和俗字等，一般改正體，對有版本價值的異體字和俗字予以保留。對「窗窓窻」、「為爲」等混用者，則徑統一不注。對底本出現的誤訛、脱奪，則改正、補充，並出注。

三、對具有較大版本價值的異文重點參校，以明版本間的遞嬗關係。
四、對相關名物制度以及體現創作心態的異文重點參校。
五、《剪燈新話》有十七篇被轉載，三篇被改編本採用，多篇爲雜劇或傳奇演繹或所本，在解題中説明此類情況。
六、校注中所涉文獻，若主要參校書目已注明，均省略朝代、作者和版本等。
七、朝鮮和日本所藏句解本等有多篇序跋，有助於深化對《剪燈新話》的理解，特予附録。

剪燈新話序

余既編集古今奇怪之事，以爲《剪燈録》，凡四十卷矣。好事者每以近事相聞，遠不出百年，近止在數載。襞積於中，日新月盛，習氣所溺，欲罷不能，乃援筆爲文以紀之。其事皆可喜可悲、可驚可怪者。所惜筆路荒蕪，詞源淺狹，無嵬目顛耳之論以發揮之耳。既成，又自以爲涉於語怪，近於誨淫，藏之書笥，不欲傳出。客聞而求觀者衆，不能盡却之，則又自解曰：「《詩》、《書》、《易》、《春秋》，皆聖筆之所述作，以爲萬世大經大法者也。然而《易》言龍戰于野，《書》載雉雊于鼎，《國風》取淫奔之詩，《春秋》紀亂賊之事，是又不可執一論也。今余此編，雖於世教民彝莫之或補，而勸善懲惡、哀窮悼屈，其亦庶乎言者無罪、聞者足以戒之一義云爾。」客以余言有理，故書之卷首。

洪武戊午歲六月朔日，山陽瞿佑書〔一〕。

〔一〕書　句解本下有「于吴山大隱堂」六字。

剪燈新話卷之一

山陽[一]瞿佑[二]宗吉　著

水宫慶會録

至正甲申歲，潮州士人余善文，於所居白晝閒坐。忽有力士二人，黄巾繡襖，自外而入，致敬於前曰：「廣利王奉邀。」善文驚曰：「廣利，洋海之神；善文，塵世之士。幽顯路殊，安得相及？」二人曰：「君但請行，毋用辭阻。」遂與之偕出南門外，見大紅船泊於江滸。登船，有兩黄龍挾之而行，速如風雨，瞬息已至。止於門下，二人入報。頃之，請入。廣利降階而接曰：「久仰聲華，坐屈冠蓋，幸勿見訝。」遂延之上階，與之對坐。善文跼蹐退遜。廣利王曰：「君居陽界，寡人處水府，不相統攝，可無辭也。」善文曰：「大王貴重，僕乃一介寒儒，敢當盛禮？」固辭。廣利左右有二臣曰黿參軍、鱉長史[三]者，趨出奏曰：「客言是也，王可從其所請，不宜自損威德，有失觀瞻[四]。」廣利乃居中而坐，别設一榻於右，命善文坐。乃言曰：「敝居僻陋，蛟鼉[五]之與鄰，魚蟹之與居，無以昭示神威，闡揚帝命。今欲别構一殿，命名『靈德』。工匠已舉，木石咸具，所乏者惟《上梁文》爾。側聞君子負不世之才，藴濟時之略。故特奉邀至此，幸爲寡人製之。」即命近侍取白玉之硯，奉文犀之管，并鮫綃丈許，置善文前。善文俯首聽命，一揮而就，文不加點。其辭曰：

伏以天壤之間，海爲最大；人物之内，神爲最靈。既屬香火之依歸，可乏廟堂之壯麗？是用重營寶殿，新揭華名。掛龍骨以爲梁，靈光耀日；緝魚鱗而作瓦，瑞氣蟠空。列明珠白玉之簾櫳，接青雀黄龍之舸艦。瑣窗啓而海色在户，繡闥開而雲影臨軒。雨順風調，鎮南溟八千餘里；天高地厚，垂後世億萬斯年。通江漢之朝宗，受溪湖之獻納。天吴紫鳳，紛紜而到；鬼國羅刹，次第而來。巋然若魯靈光，美哉如漢景福。控蠻荆而引甌越，永壯宏規；叫閶闔而呈琅玕，宜興善頌。遂爲短唱，助舉脩梁。

抛梁東，方丈蓬萊指顧中。笑看扶桑三百尺，金鷄啼罷日輪紅。

抛梁西，黑水〔六〕流沙路不迷。後夜瑶池王母降，一雙青鳥向人啼。

抛梁南，巨浸茫茫萬族涵。要識封疆寬幾許，大鵬飛盡水如藍。

抛梁北，衆星燦爛環宸極。遥瞻何處是中原，一髮青山浮翠色。

抛梁上，乘龍夜去陪天仗。袖中奏罷一封書，盡與蒼生除禍瘴。

抛梁下，水族紛綸承德化。清曉頻聞贊拜聲，江神河伯朝靈駕。

伏願上梁之後，萬族歸仁，百靈仰德。珠宫貝闕，應天上之三光；衮衣繡裳，備人間之五福。

書罷進呈，廣利大喜。卜日落成，發使詣東西北三海，請其王赴慶殿會。翌日，三神皆至，從者千乘萬騎。神鮫巨鰐〔七〕，踴躍後先；長鯨大鯤，奔馳左右。魚頭鬼面之卒，執旌旄而操戈戟者，又不知其幾多也。

是日，廣利頂通天之冠，御絳紗之袍，秉碧玉之圭，趨迎於門，其禮甚肅。三神亦各盛其冠冕，嚴其劍珮，威儀極儼恪。但所服之袍，各隨其方而色不同焉。叙暄凉畢，揖讓而坐。善文亦以白衣坐於殿角，方欲與三神叙禮，忽東海廣德王〔八〕座後有一從臣，鐵冠而長鬣者，號赤鯶公，忿然作色〔九〕，躍出廣利前而請曰：「今兹貴殿落成，特爲三王而設斯會，雖江河〔一〇〕之長、川澤之君，咸不得預席，其禮可謂嚴矣。彼白衣而末坐者，爲何人斯？乃敢於此搪突也！」廣利曰：「此乃潮陽秀士余君善文也。吾構靈德殿成，請其爲《上梁文》，故留之在此爾。」廣德遽言曰：「文士在座，汝烏得多言！姑退！」赤鯶公乃赧然而下。已而進酒樂作，有美女二十人，摇明璫，曳輕裾，於筵前舞凌波之隊，歌凌波之辭。曰：

若有人兮波之中，折楊柳兮採芙蓉。
振瑶環兮瓊珮，璆鏘鳴兮玲瓏。

衣翩翩兮若驚鴻，身矯矯兮若游龍。
輕塵生兮羅襪，斜日照兮芳容。
蹇獨力〔一〕兮西復東，羌可遇兮不可從。
忽飄然而長往，御泠泠之輕風。

舞竟，復有歌童四十輩，倚新妝，飄香袖，於庭下舞採蓮之隊，歌採蓮之曲。曰：

桂棹兮蘭舟，泛波光兮遠遊。
捐予玦兮別浦，解予珮兮芳洲。
波搖搖兮舟不定，折荷花兮斷荷柄。
露何爲兮沾裳？風何爲兮吹鬢？
棹歌起兮彩袖揮，翡翠散兮鴛鴦飛。
張蓮葉兮爲蓋，緝藕〔二〕絲兮爲衣。
日欲落兮風更急，微烟生兮淡月出。
早歸來兮難久留，對芳華兮樂不可以終極。

二舞既畢，然後擊靈鼉之鼓，吹玉龍之笛，衆樂畢陳，觥籌交錯。於是東西北三神，共捧一觴，致於善文前曰：「吾等僻處遐陬，不聞典禮。今日之會，獲覩盛儀。而又幸遇大君子在座，光彩倍增。願爲一詩以紀之，使他時留〔一三〕傳于龍宫水府，抑亦一盛〔一四〕事也。不知可乎？」善文不敢辭，遂獻《水宫慶會詩》二十韻曰：

帝德乾坤大，神功嶺海安。
淵宫開棟宇，水路息波瀾。
列爵王侯貴，分符地界寬。
威靈聞赫奕，事業保全完。
南極當通奏，炎方永授官。
登堂朝玉帛，設宴會衣冠。
鳳舞三簷蓋，龍馱七寶鞍。
傳書雙鯉躍，扶輦六鰲蟠。
王母調金鼎，天妃捧玉盤。
杯凝紅琥珀，袖拂碧琅玕。
座上湘靈舞，頻將錦瑟彈。
曲終漢女至，忙把翠旗看。
瑞霧迷珠箔，祥烟繞畫闌。

屏開雲母瑩，簾捲水晶寒。
共飲三危露，同飡九轉丹。
良辰宜酩酊，樂事許盤桓。
異味充喉舌，靈光照肺肝。
渾如到兜率，又似夢邯鄲。
獻酢陪高會，歌呼得盡歡。
題詩傳勝事，春色滿毫端。

詩進〔一五〕，座間大悦。已而日落咸池，月生東谷，諸神大醉，傾扶而出，各歸其國。車馬駢闐之聲，猶逾時不絶。明日，廣利特設一宴，以謝善文。宴罷，以玻瓈盤盛照夜之珠十，通天之犀二，爲潤筆之貲，復命二使送之還郡。

善文到家，携所得於波斯寶肆鬻焉，獲財億萬計，遂爲富族。善文後亦不以功名爲意，棄家求道，遍遊〔一六〕名山，不知所終。

〔一〕山陽　瞿佑早期自署山陽，乃指其早年隱居之地吴山之陽，而非籍貫江蘇淮安。瞿佑籍貫乃錢塘，任職河南宜陽訓導後，均自署錢塘。參見喬光輝《瞿佑全集校註》下册，浙江古籍出版社二〇一〇年版，第八九九—九〇〇頁。

〔二〕瞿佑　原作「瞿祐」，虞淳熙本、黄正位本、清江堂本均作「瞿祐」，句解本普遍作「瞿佑」，學界今通作「瞿佑」。下同統改，不再出注。

〔三〕長史　句解本、清江堂本作「主簿」。按：瞿佑於洪武時由貢士薦授仁和訓導，歷任浙江臨安教諭、河南宜陽訓導，後陞任周王府右長史。瞿佑晚年改「鰲長史」爲「鰲主簿」，應與其任職經歷有關，以免自辱也。

〔四〕瞻　句解本作「視」，清江堂本作「覘」。

〔五〕鼉　句解本、清江堂本作「鰐」。

〔六〕黑水　句解本、清江堂本作「弱水」。

〔七〕巨鰐　句解本、清江堂本作「毒蜃」。

〔八〕廣德王　原作「廣澤王」，黄正位本、虞淳熙本同，句解本、清江堂本作「廣淵王」，今據《通典》改，下同。按：《通典》卷四六《禮典》載，（唐玄宗天寶）十載正月，以東海爲廣德王，南海爲廣利王，西海爲廣潤王，北海爲廣澤王。明徐道《歷代神仙通鑑》所載更詳，東海滄甯德王敖廣、南海赤安洪聖濟王敖潤、西海素清潤王敖欽、北海浣旬澤王敖順。僅南海龍王稱謂稍異，其餘均同。句解本、清江堂本把東海龍王稱作廣淵王，不知其據。

〔九〕忿然作色　句解本、清江堂本無此四字。

〔一〇〕江河　句解本作「江漢」。

〔一〕力　句解本、清江堂本作「立」。

〔二〕藕　黄正位本作「蓮」。

〔三〕留　句解本、清江堂本作「流」。

〔四〕盛　句解本、清江堂本作「勝」。

〔五〕詩進　清江堂本作「詩訖進呈」。

〔六〕遊　清江堂本下有「天下」二字。

金鳳釵記〔一〕

大德中，揚州富人吴防禦，居春風樓側。與宦族崔君爲鄰，交契甚厚。崔有子曰興哥〔二〕，防禦有女曰興娘，俱在襁褓。崔君因求女爲興哥婦，防禦許之，以金鳳釵一隻爲約。既而崔君遊宦遠方，凡一十五載，並無一字相聞。女處閨闈，年十九矣。其母謂防禦曰：「崔家一去十五載，不通音耗。興娘長成矣，不可執守前言，令其挫失時節也。」防禦曰：「吾已許吾故人矣，况誠約已定，吾豈食言者也？」女亦望生不至，因而感疾，沉眠〔三〕枕席，半歲而終。父母哭之慟。臨歛，母持金釵俯〔四〕尸而泣曰：「此汝夫家物也。今汝已矣，吾留此安用？」遂簪於其髻而殯焉。殯之兩月，而崔生至。防禦延接之，訪問其故。

則曰："父爲〔五〕宣德府〔六〕理官而卒，母亦先逝數年矣，今已服除，故不遠千里至此。"防禦下淚曰："興娘薄命，爲念君故〔七〕，於兩月前飲恨而終，今已殯之矣。"因引生入室，至其靈几前，焚楮錢以告之，舉家號慟。防禦謂生曰："郎君父母既殁，道路又遠〔八〕，今既來此，可便於吾家宿食。故人之子，即吾子也，勿以興娘没故，自同外人。"便令搬挈行李，於門側小齋安泊〔九〕。將及半月，時值清明，防禦以女新没之故〔一〇〕，舉家上冢。興娘有妹曰慶娘，年十七矣，是日亦同往〔一一〕。惟留生在家看守。至暮而歸，天已曛黑，生于門左迎接。有轎二乘，前轎已入，後轎至生前，似有物墜地，鏗然作聲。生俟其過〔一二〕，急往拾之，乃金鳳釵一隻也。欲納還於内，則中門已闔，不可得而入矣。遂還小齋，明燭獨坐。自念婚事不成，隻身孤苦，寄跡人門，亦非久計，長嘆數聲。方欲撫枕而卧〔一三〕，忽聞剥啄叩〔一四〕門之聲，問之則不答，不問則又叩，如是者三度。乃起開〔一五〕視之，則一美姝立於門外，見户開，褰裙而入。生大驚，女低辭款氣〔一六〕，向生細語曰："郎不識妾耶？妾即興娘之妹慶娘爾。向者投釵轎下，郎拾得否？"即挽生就寢。生以其父待之厚，辭曰不敢。拒之甚確，至于再三。女赧然作色〔一七〕曰："吾父以子姪之禮待汝，置汝門下〔一八〕，而汝於深夜誘我至此，將欲何爲？我將訴之于父，訟汝于官，必不捨〔一九〕汝矣。"生懼，不得已而從焉〔二〇〕。自是暮隱而出，朝隱而入〔二一〕，往來於門側小齋，凡及一月〔二二〕。女一夕謂生曰："妾處深閨，君在外館。今日之事，幸無人知覺。誠恐好事多魔，佳期易阻。一旦聲跡彰露，親庭罪責，閉籠而鎖鸚鵡，打鴨而驚鴛鴦。在妾固所甘心，於君誠恐累德。莫若先事而發，懷璧而逃，或晦跡深村，或藏蹤異郡，庶得優游偕〔二三〕老，不致分離〔二四〕也。」生頗然其計，曰：「君言亦自有理，吾方思之。」因自念零丁孤苦，素乏親知，雖欲逃亡，竟將焉往？嘗聞父言：有舊僕金榮者，信義人也。居鎮江呂城，以耕種爲業。今往投之，庶不我拒。至明夜五鼓，與女輕裝，買船過瓜洲，逕奔丹陽。訪于村氓，則果有金榮者，家甚殷富，見爲本村保正。生大喜，直造其門，至則初不相識也。生言其父姓名、爵里及己乳名，方始認之〔二五〕。則設位而哭其主，捧生于座而拜曰：「此吾家郎君也。」生告以故，虛正堂而處之。生處榮家，榮事之如事舊主〔二六〕。衣食之需，供給甚至。將及一年，女告生曰：「始也懼父母之責，故與君爲卓氏之逃，蓋出於不得已也。今則舊穀既没，新穀既登，歲月如流，已及期矣。且愛子之心，人皆有之，今而自歸，喜于再見，必不我罪也。况父母生身之恩莫大焉，豈有終絶之理？盍往見之乎？」生從其言，與之渡江入城。將及其家，謂生曰：「妾逃竄一年，今遽與君同往，或恐觸彼之怒，君宜先往覘之，妾停〔二七〕舟於此以俟。」臨行，復呼生回，以金鳳釵授之，曰：「如或不信而見拒〔二八〕，當出此以示之可也。」生至門，防禦聞之，欣然而出見，反致謝曰：「日昨顧待不周，致君不安其所而他適，老夫之罪也，幸勿見怪。」生拜伏在地，不能[二九]仰視，但稱死罪，口不絶聲。防禦曰：「有何罪過，遽出此言。願賜開陳，釋我疑慮。」生乃作而言曰：「曩者房帷事密，兒女情多，負不義之名，犯私通之律。不告而娶，竊負而逃，竄伏村墟，遷延歲月。音容久阻，書問莫傳。情雖篤於夫妻，恩敢忘于父母！今則謹携令愛，同此歸寧，伏望察其深情，恕其重罪，使得終能偕老，永遂于飛。大人有溺愛之恩，小子有室家之樂，是所望也，惟冀憫焉。」防禦聞之，驚曰：「吾女卧病在牀，今及一載，饘粥不進，轉側須人，豈有是事也？」生謂其恐爲門户之辱，故飾詞以拒之，乃言曰：「目今慶娘見在舟中，可令人舁轎以取之來。」防禦雖不信焉，且令家僮往視之。至則無所見，方詰怒崔生，責其妖妄，生于袖中[三〇]出金鳳釵以進。防禦見之，始大驚曰：「嘻！此吾亡女興娘殉葬之釵也，何爲而至此哉？」疑惑之際，慶娘忽於牀上欻然[三一]而起，直至堂前，拜其父曰：「興娘不幸，早辭嚴侍，委棄荒郊。然與崔家緣分未斷，今之來此，竟亦無他，特欲以[三二]愛妹慶娘續其婚爾。如所從請，則病患遂當痊除；不用妾言，命盡此矣。」舉家驚駭，視其身則慶娘，而言詞舉止則興娘也。父詰之曰：「汝既死矣，安得再來人世，爲此亂惑耶？」對曰：「妾之死也，地府[三三]以妾無罪，不復拘禁，得隸后土夫人[三四]帳下，掌傳箋奏。妾以世緣未盡，故特給假一年，來與崔郎了此一段因緣耳。」父聞其語切，乃許之。即斂容拜謝，又與崔生執手，歔欷爲别。且曰：「父母許我矣！汝做好嬌客，慎無以新人而忘舊人也。」言訖，慟哭數聲而仆于地，視之死矣。急以湯藥灌之，移時乃甦。疾病已去，行動如常。問其前事，瞢無所知[三五]。遂卜日[三六]續崔生之婚。生感興娘之情，以釵貨于市，得鈔貳拾錠，盡買香燭楮幣，齎往瓊花觀，命道士建醮三晝夜以報之。復見夢於生曰：「蒙君薦拔，尚有餘情，雖隔幽明，實深感佩。小妹柔和[三七]，乞[三八]善視之。」生驚悼而覺，從此遂絶。嗚呼！異哉！

〔一〕本篇收入《稗家粹編》卷六、《艷異編》卷三九、《古本艷異編》卷十二、何大掄本《燕居筆記》、《情史》卷九《吴興娘》、《緑窗女史》卷七（妄題作者爲元柳貫）。《初刻拍案驚奇》卷二三《大姊魂游完宿願 小姨病起續前緣》據此改編。沈璟《墜釵記》傳奇演其事。

〔二〕興哥 黄正位本和《艷異編》作「興歌」，然與下文「興哥」不一致。《稗家粹編》、何本《燕居筆記》兩處均作「興歌」。

〔三〕沉眠 句解本、清江堂本作「沉綿」。

〔四〕俯 句解本、清江堂本作「撫」。

〔五〕爲 底本下原有「上都」二字，早期刊本同，據句解本、清江堂本删。

〔六〕宣德府 原作「廣德府」，黄正位本、《稗家粹編》、何本《燕居筆記》同，據句解本、清江堂本、《艷異編》、《緑窗女史》改。按：元至元十四年（一二七七）升廣德軍爲廣德路，領廣德、建平兩縣，屬江浙行中書省，至正十六年（一三五六）六月改爲廣興府，明洪武元年（一三六八）再回改爲廣德府，四年九月降府爲州，永樂元年（一四〇三）直隸南京。順寧府，唐爲武州，遼爲德州，金爲宣德州，元初爲宣寧府。蒙古太宗七年（一二三五）改山［西］東路總管府，世祖中統四年（一二六三）改宣德府，隸上都路，至元三年（一二六六）以地震改順寧府。明洪武四年（一三七一）三月府廢。按故事發生時間大德年間（一二九七—一三〇七）來看，宣德府較符合文意，宜删「上都」二字。另，瞿佑被貶之地保安，元屬上都路順寧府保安州，洪武初廢，永樂二年閏九月置保安衛，十三年正月復置州於衛城，屬北京行部，十八年十一月直隸京師。

〔七〕故　句解本、清江堂本、《稗家粹編》下有「得疾」二字。

〔八〕道路又遠　黄正位本、何本《燕居筆記》同，句解本、清江堂本、《艷異編》作「道途又遠」，《稗家粹編》作「家業凋零」。

〔九〕安泊　《稗家粹編》作「安宿」。

〔一〇〕之故　清江堂本作「墳墓」。

〔一一〕亦同往　清江堂本作「與家親同赴新墳」。

〔一二〕俟其過　清江堂本作「在其邊」。

〔一三〕方欲撫枕而卧　句解本、清江堂本作「方欲就枕」。

〔一四〕叩　句解本作「扣」。下同。

〔一五〕起開　句解本、清江堂本、《稗家粹編》作「啓關」。

〔一六〕低詞款氣　句解本、清江堂本作「低容斂氣」。
〔一七〕赧然作色　句解本作「忽赧爾怒」，清江堂本作「忽赧怒」。
〔一八〕置汝門下　清江堂本作「置留小齋」。
〔一九〕捨　《稗家粹編》、何本《燕居筆記》作「恕」。
〔二〇〕焉　句解本、清江堂本、《艷異編》下有「至曉乃去」四字。
〔二一〕暮隱而出朝隱而入　黄正位本、虞淳熙本、《稗家粹編》、何本《燕居筆記》同，句解本、清江堂本、《情史》、《緑窗女史》、《艷異編》作「暮隱而入，朝隱而出」。按：此句本於元稹《鶯鶯傳》：「自是復容之。朝隱而出，暮隱而入，同安於曩所謂西廂者，幾一月矣。」《金鳳釵記》中慶娘居住中門之内，興哥則住中門之外的門側小齋。由於「慶娘」的主動性，「朝出暮入」或「暮出朝入」者的地點是「門側小齋」，還是中門呢？若出入者爲門側小齋，則清江堂本和句解本無誤；若出入者爲中門，則《稗家粹編》和黄正位校本無誤。《初刻拍案驚奇》卷二十三《大姊魂游完宿願小姨病起續前緣》改編時則沿襲早期刊本：「幸得女子來蹤去跡甚是秘密，又且身子輕捷，朝隱而入，暮隱而出。只在門側書房私自往來快樂，並無一個人知覺。」
〔二二〕月　句解本下有「有半」二字。
〔二三〕偕　《稗家粹編》作「至」。
〔二四〕分離　句解本作「暌離」。

〔二五〕認之　句解本、清江堂本作「記認」。

〔二六〕「捧生於座而拜曰」至「榮事之如事舊主」　黄正位本、《稗家粹編》同，句解本作「捧生而拜於座，曰：『此吾家郎君也。』生具告以故。乃虚正堂而處之，事之如事舊主。」清江堂本作「捧生在堂而拜認主」。

〔二七〕停　句解本、清江堂本作「艤」。

〔二八〕如或不信而見拒　句解本、清江堂本作「如或疑拒」。

〔二九〕不能　句解本、清江堂本作「不敢」。

〔三〇〕至則無所見方詰怒崔生責其妖妄生于袖中　句解本、《稗家粹編》同。清江堂本作「至江舟邊，並無所見。防禦大怒崔生，責其妖妄。崔生袖中」，黄正位本、虞淳熙本作「至江舟邊，並無所見。防禦大怒，方深責其妖妄，崔生袖中」。

〔三一〕歘然　黄正位本作「欣然」。

〔三二〕欲以　清江堂本作「以此説有」。黄正位本此二字占四字格，似有挖改。

〔三三〕地府　虞淳熙本、《稗家粹編》同，黄正位本、句解本、清江堂本作「冥司」。

〔三四〕后土夫人　句解本、虞淳熙序本、《稗家粹編》、何本《燕居筆記》同，清江堂本作「扂土娘娘」，黄正位本作「堂上娘娘」，《緑窗女史》、《艷異編》、《古本艷異編》作「王（玉）皇娘娘」。按：「堂上娘娘」何指不明，或「堂上」與「扂土」形近而訛。清江堂本刊於明正德六年，早於隆慶時期，不必避明穆宗朱載垕之諱，但萬曆以後刊本都需避諱。

〔三五〕瞢無所知　句解本作「並不知之，殆如夢覺」，清江堂本作「並不知之，始覺如夢，不記先言」。

〔三六〕卜日　句解本作「涓吉」。

〔三七〕小妹柔和　清江堂本作「慶娘小妹，柔和直性」。

〔三八〕乞　句解本、清江堂本作「宜」。

聯芳樓記〔一〕

吴郡富室有姓薛者〔二〕，至正初居于閶闔門外，以糶米爲業。有二女，長曰蘭英〔三〕，次曰蕙英，皆聰明秀麗，能爲詩賦。遂於宅後建一樓以處之，名曰「蘭蕙聯芳之樓」。適承天寺僧雪窗〔四〕善以水墨寫蘭蕙，乃以粉塗四壁，邀其繪畫於上，登之者藹然如入春風之室矣。二女日夕於間吟咏不輟，有詩數百篇，號《聯芳集》，好事者往往傳誦。時會稽楊鐵崖作《西湖竹枝曲》，和之者百餘家，鏤版書肆。二女見之，笑曰：「西湖有《竹枝曲》，東湖〔五〕獨無《竹枝曲》乎？」乃〔六〕製《蘇臺竹枝曲》十章，曰：

姑蘇臺上月團圓，姑蘇臺下水潺潺。

月落西邊有時出，水流東去幾時還？
館娃宫中麋鹿遊，西施去泛五湖舟。
香魂玉骨歸何處，不及真娘葬虎丘。
虎丘山上塔層層，夜静分明見佛燈。
約伴燒香寺中去，自將釵釧施山僧。
門泊東吴萬里船，烏啼月落水如烟。
寒山寺裏鐘聲早，漁火江楓惱客眠。
洞庭金柑三寸黄，笠澤銀魚一尺長。
東南佳味人知少，玉食〔七〕無緣進上方〔八〕。
荻芽抽笋楝花開，不見河豚石首來。

早起腥風滿城市，郎從海口販鮮回。
楊柳青青楊柳黄，青黄變色過年光。
妾似柳絲易憔悴，郎如柳絮太顛狂。
翡翠雙飛不待呼，鴛鴦並宿幾曾孤？
生憎寶帶橋頭水，半入吴江半太湖。
一綰鳳髻緑於雲，八字牙梳白似銀。
斜倚朱門翹首立，往來多少斷腸人？
百尺高樓倚碧天，闌干〔九〕曲曲畫屏連。
儂家自有蘇臺曲，不去西湖唱採蓮。

他作亦皆稱是，觀此，其才可知矣。鐵崖見其稿，手寫二詩於後，曰：

錦江只説薛濤箋，吴郡今傳蘭蕙篇。

文采風流知有自，連珠合璧照華筵。

　難弟難兄並有名，英英端不讓瓊瓊。

　好將筆底春風句，譜作瑶箏絃上聲。

由是名聞遠近〔一〇〕，咸以爲班姬、蔡女復出，易安、淑真而下，不論也。

其樓下瞰官河，舟楫多經過焉。崑山有鄭生者，亦甲族。其父與薛素厚，乃令生興販于郡。至則泊舟樓下，依薛爲主。薛以其父之故，待之如戚屬〔一一〕，往來無間也。生少年〔一二〕，氣韻温和，質性俊雅。夏月於船首澡浴，二女於窗隙窺見之〔一三〕，以荔枝一雙投下。生雖會其意，然仰視飛甍峻宇，縹緲於霄漢，自非身具羽翼莫能至也。既而更深漏静，月墜河傾，萬籟俱寂，夜色蒼然。生不能寐〔一四〕，企立船舷，如有所俟。忽聞樓窗啞然有聲，顧盼之頃，則二女以鞦韆絨索垂一竹兜於其前。生得以乘之而上。既見，喜極不能言。乃相攜入寢，盡繾綣之意焉。長女口占一詩贈生曰：

　玉砌雕欄花兩枝，相逢却是未開時。

　嬌姿未慣風和雨，吩咐東君好護持。

次女亦吟曰：

寶篆烟消燭影低，枕屏摇動鎮帷犀。

風流好似魚游水，才過東來又向西〔一五〕。

至曉，復乘之而下，自是無夕而不會。二女吟咏頗多，不能盡記。生耻無以答。一夕，見案間〔一六〕有剡溪玉葉箋，遂濡筆題一詩於上，曰：

誤入蓬山〔一七〕頂上來，芙蓉芍藥兩邊開。

此身得似偷香蝶，遊戲花叢日幾回。

二女得詩喜甚，藏之篋笥。已而就枕，生復索其吟咏。長女即唱曰：

連理枝頭並蒂花，明珠無價玉無瑕。

次女續曰：

合歡幸得逢簫史，乘興難同訪戴家。

長女又續之曰：

羅襪生塵魂蕩漾，瑶釵墜枕鬢鬖髿。

次女續之曰：

他時漏泄春消息，不悔今宵一念差。

遂足成律詩〔一八〕一篇〔一九〕。

又一夕，中夜之後，生忽悵然曰：「我本羈旅〔二〇〕，托跡門下。今日之事，尊人罔知。一旦事蹟彰聞〔二一〕，恩情間阻，則樂昌之鏡或恐從此而遂分，延平之劍不知何時而再合也。」因哽咽淚下。二女曰：「妾之鄙陋，自知甚明。久處閨闈，薄通書史〔二二〕，非不知鑽穴之可醜、韞匵〔二三〕之可佳也。然而秋月春花，每傷虛度；雲情水性，失於自持。曩者偷窺宋玉之墻，自獻卞和之璧。感君不棄，特賜俯從。雖六禮之未行，諒一言之已定。方欲同歡枕席，永奉衣巾，奈何遽出此言〔二四〕，自生疑阻〔二五〕？妾雖女子，計之審矣。他日機事彰聞，親庭譴責，若從妾所請，則終奉箕箒於君家；如不遂所圖，則求我〔二六〕於黃泉之下矣，必不再登他門也。」生聞此言，不勝感激。未幾，生之父以書督生還家。女之父見其盤桓不去，亦頗疑之。一日登樓，於篋中得生所爲詩，大駭。然事已如此，無可奈何。顧生亦少年標致，門户亦甚相敵，乃以書抵生父，喻其意。生父如其所請，仍命媒氏通二姓之好，問名納采，贅以爲婿。是時，生年二十有二，長女年二十，幼女年十八矣。吴下人多知之〔二七〕。

〔一〕本篇收入《稗家粹編》卷二，題《蘭蕙聯芳記》；《艷異編》卷一八、《繡谷春容》卷二、《萬錦情林》卷三、林近陽編《燕居筆記》卷五、何大掄編《燕居筆記》卷五下層，《緑窗女史》卷四（從清江堂本，删二女聯詩），俱題《聯芳樓記》；《情史》卷三，題《薛氏二芳》；《一見賞心編》卷三，題《蘭蕙傳》。

〔二〕吴郡富室有姓薛者　《稗家粹編》作「吴郡有薛氏者，其家頗富」。
〔三〕蘭英　原作「桂英」，黄正位本、虞淳熙本同，然與下文相異，據句解本、清江堂本、《稗家粹編》改。
〔四〕雪窗　《艷異編》、《一見賞心編》、《緑窗女史》無此二字。雪窗，係畫蘭高手。王冕《明上人畫蘭圖》、張渥《題明雪窗蘭》、童軒《雪窗上人蘭蕙圖》等都曾涉及。
〔五〕東湖　黄正位本、虞淳熙序本、《繡谷春容》、何本《燕居筆記》同，句解本、清江堂本、《稗家粹編》、《萬錦情林》、《一見賞心編》、《緑窗女史》作「東吴」。
〔六〕乃　句解本、清江堂本下「效其體」。
〔七〕玉食　黄正位本作「玉石」。
〔八〕上方　句解本作「尚方」。
〔九〕闌干　《稗家粹編》作「闠門」。
〔一〇〕名聞遠近　句解本、清江堂本、《一見賞心編》本作「名播遐邇」。
〔一一〕待之如戚屬　句解本、清江堂本、《一見賞心編》本作「待以通家子弟」。
〔一二〕少年　句解本、清江堂本、《一見賞心編》本作「青年」。
〔一三〕夏月於船首澡浴二女於窗隙窺見之　黄正位本、句解本、清江堂本、虞淳熙序本、《國色天香》、《繡谷春容》本、何本《燕居筆記》同；《稗家粹編》、《艷異編》、《萬錦情林》、《緑窗女史》、《剪燈叢話》（十二卷本）在「澡浴」下有「亭亭碧波中微露其私嫪生之具」句；《情史》本有「二女在窗隙窺見嫪生之具」句，《一見賞心編》有「亭亭碧波中微露其私」句。《古今圖書集成・閨媛傳》刪「夏月澡浴」句，作「生青年，氣韻温和，性質俊雅。二女在樓窺見，以荔枝一雙投下。」按：「微露其私」或「嫪生之具」者，見於《萬錦情林》、《緑窗女史》、《艷異編》、《情史》、《剪燈叢話》（十二卷本）和林本《燕居筆記》等六種。《聯芳樓記》最初很可能有「嫪生之具」等内容，否則各種版本當不會如此一致添加。嫪生即嫪毐，據《史記》卷八五《吕不韋列傳》：「吕不韋恐覺禍及己，乃私求大陰人嫪毐以爲舍人，時縱倡樂，使毐以其陰關桐輪而行，令太后聞之，以啖太后。」在後世小説中，嫪毐成了陰大的典型。「嫪生之具」顯然突出了情欲本能特徵，但有損才子佳人的浪漫情境。二女在樓窺見後，「以荔枝一雙投下」。據胡文焕《游覽粹編》卷六「寄物啞謎」：「荔枝者，亂如麻也。」蘭英、蕙英二人之心「亂如麻」實與生船首「澡浴」的刺激相關。瞿佑晚年定稿加以修改，因「亭亭碧波中微露其私嫪生之具」有淫穢之嫌而將之刪去，確是明智之舉。

〔一四〕夜色蒼然生不能寐　句解本、清江堂本、《緑窗女史》無此八字。

〔一五〕蘭英和蕙英詩，句解本、清江堂本、虞淳熙序本、《國色天香》、《繡谷春容》、《一見賞心編》、何本《燕居筆記》、《緑窗女史》，與底本同。但《稗家粹編》蘭英詩作「國色天香花兩枝，芳心猶是未開時。嬌容尚未經風雨，全仗東君好護持」，《稗家粹編》蕙英詩作「簾外風微月色低，歡情摇動帳幃垂。輕狂好似鶯穿柳，過了南枝又北枝」。《稗家粹編》所録二詩亦見於林本《燕居筆記》、《萬錦情林》以及《傳奇雅集》（《萬錦情林》卷六收録）。按：該詩之發蒙，與《青瑣高議》別集卷四《張浩花下與李氏結婚》之「映日香苞四五枝，我來恰見未開時……」有關。《警世通言》第二十九卷《宿香亭張浩遇鶯鶯》改作「沉香亭畔露凝枝，斂艷含嬌未放時。自是名花待名手，風流學士獨題詩」，就失去了痕跡。黄正位本和句解本對後世小説的影響最大，對該詩完全抄襲者有《鍾情麗集》、《孔淑芳雙魚扇墜傳》、《弁而釵》、《包公案》、《姑妄言》、《蕉葉帕》、《濟公全傳》、《續濟公傳》等。二詩詩境相同，但底本與句解本稍含蓄。

〔一六〕案間　《萬錦情林》作「書匣内」，清江堂本作「書匣中」，《一見賞心編》本作「梳匣内」。

〔一七〕蓬山　《稗家粹編》、《一見賞心編》作「蓬萊」。

〔一八〕律詩　句解本同，清江堂本作「鄙句」。

〔一九〕篇　黄正位本下有「已而就枕」四字。

〔二〇〕羈旅　清江堂本、《一見賞心編》、《情史》本下有「江河」二字。

〔二一〕一旦事跡彰聞　《一見賞心編》本作「恐日久彰聞」。

〔二二〕薄通書史　句解本作「粗通經史」。

〔二三〕匱　句解本作「櫝」。

〔二四〕遽出此言　《一見賞心編》本作「遽效參商」。

〔二五〕阻　句解本下有「鄭君鄭君」四字，清江堂本下有「鄭君從仁」四字。

〔二六〕求　《稗家粹編》作「索」，《一見賞心編》本「求我於」作「求齎骸骨於」。

〔二七〕知之　句解本下有「或傳之爲掌記云」七字，《稗家粹編》下有「録爲掌記傳誦焉」七字。

鑑湖夜泛記〔一〕

處士成令言，不求聞達，素愛屶乩〔二〕山水。天曆間，卜居鑑湖之濱，誦「千巖競秀，萬壑争流」之句，終日遊賞不絶〔三〕。常乘一葉小舟，不施篙櫓，風帆浪檝，聽其所之。或觀魚水涯，或盟鷗沙際，或蘋洲狎鷺，或柳岸聞鶯。沿湖〔四〕三十里，飛者走者、浮者躍者，皆熟其狀貌，與之相忘，自去自來，不復疑懼。而樵翁、耕叟、漁童、牧豎，遇之不問老幼，俱得其歡心焉。初秋之夕，泊舟千秋觀下。金風乍起，白露未零。星斗交輝，水天一色。時聞蓮歌菱唱，應答于洲渚〔五〕之間。令言獨卧舟中，視天漢如白練萬丈，横亘於南北。纖雲掃跡，一塵不起。乃扣船舷歌宋之問《明河》之篇，飄飄然有遺世獨立、羽化登仙之意。舟忽自動，其行甚速，風水俱駛，一瞬千里，若有物引之者，令言莫測。須臾至一處，寒氣襲人，清光奪目。如玉田湛湛，琪花瑶草生其中；如銀海洋洋，異獸神魚隱〔六〕其內。烏鵲群鳴，白榆亂植。令言度非人間，披衣而起，見珠宮岌然，貝闕高聳。有一仙娥自內而出，披冰綃之衣，曳霜紈之帔，帶翠鳳步摇之冠，躡瓊紋九章之履。侍女二人，一執金柄障扇，一捧玉環如意。星眸月貌，光彩照人。行至岸側，顧謂令言曰：「處士來何遲？」令言拱而對曰：「僕晦跡江湖，忘形魚鳥，素乏誠約，又昧平生，何以有來遲之問？」仙娥笑曰：「卿安得而識我乎？所以奉邀至此者，蓋以卿夙負高名〔七〕，久存碩德，將有誠悃藉卿傳之于世耳。」乃請令言登岸〔八〕。入門行數十步，見一大殿，榜曰「天章之殿」；後有一高閣，題曰「靈光之閣」。閣内設雲母屏，鋪玉華簟，四面皆水晶簾，以珊瑚鉤掛之，通明如白晝。梁間懸香毬二枚，蘭麝之氣芬芳滿室〔九〕。請令言對席坐而語之曰：「卿識此地乎？即人世所謂天河，妾乃織女之神也。此去人間〔一〇〕，已八萬餘里矣。」令言離席而言曰：「下土愚民，甘與草木同腐。今夕何幸，身遊天府，足踐神宫，獲福無量，受恩過望。然未知尊神欲托以何事，授以何言，願得一聞，以釋疑〔一一〕慮。」仙娥乃低首斂躬，端肅而致詞曰：「妾乃天帝之孫、靈星之女，夙禀貞性，離群索居。豈意下土無知，愚氓好誕，妄傳七夕之期，指作牽牛之配，致令清潔之操，受此污辱之名。開其源者，《齊諧》多詐之書；鼓其波者，楚俗不經之語。傅會其說而唱之者，柳宗元乞巧之文；鋪張其事而和之者，張文潛七夕之詠。强詞巧辯，無以自明。鄙句邪言，何所不至。往往形諸簡牘，播於篇章。有曰：『北斗佳人雙淚流，眼穿腸斷爲牽牛。』又曰：『莫言天上稀相見，猶勝人間去不回。』又曰：

『未會牽牛意若何，須邀織女弄金梭。』又曰：『時人不用穿針待，那〔一二〕得心情送巧來。』如此類者，不一而足。褻侮神靈，罔知忌諱，是可忍也，孰不可忍也！」令言問曰：「鵲橋之會，牛渚之遊，今聽神言，審其誣矣！然如姮娥月殿之奔，神女高唐之夢，后土靈饑之事，湘靈冥會之詩，果有之乎？抑未然乎？」仙娥憮然曰：「姮娥者，月宮仙女；后土者，地祇貴神；大禹開峽之功，巫山實佐之；而湘靈者，堯之女、舜之妃也。是皆賢聖之倫、貞烈之輩〔一三〕，烏有如世俗所謂哉？非若上元之降封陟〔一四〕，雲英之遇裴航〔一五〕，蘭香之嫁張碩，彩鸞之遇文簫〔一六〕，情欲易生，事蹟難掩者也。世人詠月之句曰：『姮娥應悔偷靈藥，碧海青天夜夜心。』題峽之詩曰：『一自高唐賦成後，楚鄉雲雨盡堪疑。』夫日月兩曜，混沌之際，開闢之初，既以具矣。豈有羿妻之説、竊藥之事，而妄以孤眠獨宿侮之乎？雲者，山川靈氣；雨者，天地沛澤。奈何因宋玉《高唐賦》之謬侮之哉〔一七〕？輒指爲房幃之樂，譬之衽席之歡，慢神瀆天〔一八〕，莫此爲甚！湘君夫人，賢聖之裔〔一九〕；李群玉者，果何人斯？敢以淫奔之詞，溷於黃陵之廟曰：『不知精爽落何處，疑是行雲秋色中。』自述奇遇，引歸其身，誕妄矯誣，名檢掃地。后土之傳，唐人不敢指斥則天之惡，故借名以諷之耳。世俗不識，便謂誠然，至有『韋郎年少耽閒事，案上休看太白經』之句。夫欲界諸天，皆有配耦，其無耦者，則無欲者也。士君子於名教中自有樂地，何至造述鄙猥，誣謗高明，既以欺其心，又以惑於世，而自處於有過之域哉？幸卿至世爲一白之。無令雲霄之上、星漢之間，久受黄口之讒、青蠅之玷也。」令言又問曰：「世俗之多誑、仙真之被誣，今聽神言，詳其僞矣。然如張騫之乘槎，君平之辨石，將信然歟，抑妄説歟？」仙娥曰：「此事則誠然矣。夫博望侯乃金門直吏，嚴君平〔一〇〕乃玉府仙曹，暫謫人間，靈性具在，故能周遊八極，辨識衆物，豈常人可及乎？卿非三生有緣，今夕亦烏得而至此。」遂出瑞錦二端以贈之，曰：「卿可歸矣。所托之事，幸勿相忘。」令言拜别登舟，但覺風露高寒，濤瀾洶湧，一飯之頃，却回舊所。則淡霧初生，天星〔一一〕漸落，鷄三鳴而更五點矣。取錦視之，與世間所織不甚相異，姑藏之篋笥，以待博物者辨之。後遇西域賈胡，試出而示焉。撫翫移時，改容而言曰：「此天上至寶，非人間物也。」令言問：「何以知之？」曰：「吾見其文順而不亂，色純而不雜。日映之瑞氣葱葱而起，以塵覆之則自飛揚而去。以爲帳幄，則蚊蚋不敢入；以爲衣服，則雨雪不能濡。隆冬御之，不必挾纊而附火〔一二〕；盛夏披之，不必納凉而授風〔一三〕矣。其蠶蓋扶桑之葉所飼，其絲則天河之水所濯，豈非織女機中之物乎？君何從得此？」令言秘之，不肯與語。遂輕舟短棹，長遊不返。後二十年，有人遇之於玉笥峰下，顔貌如澤〔一四〕，雙瞳湛然，黄冠布裘，不巾不帶。揖而問之，則御風而去，其疾如飛，追之不能及矣。

〔一〕本篇收入《廣艷異編》卷五、《續艷異編》卷三，俱題《靈光夜遊録》；《萬錦情林》卷一、林近陽編

《燕居筆記》卷七、余公仁編《燕居筆記》卷七，俱題《成令言遇仙記》；《稗家粹編》卷四題《成令言遇織女星記》。

〔二〕岃乢　黄正位本、虞淳熙序本、《稗家粹編》、《廣艷異編》、余本《燕居筆記》同，清江堂本、句解本作「會稽」。南朝梁顧野王《玉篇》卷二十二「山部」收「岃」：「古文會字」；卷三十「乙部」收「乢」：「今作稽」。可知「岃乢」乃「會稽」的異體。

〔三〕遊賞不絶　句解本、清江堂本作「遨遊不輟」。

〔四〕湖　清江堂本下有「遊賞」二字。

〔五〕應答於洲渚　《稗家粹編》、余本《燕居筆記》、《廣艷異編》作「恍惚在淵渚」。

〔六〕隱　句解本、清江堂本作「泳」。

〔七〕名　黄正位本作「明」，句解本、清江堂本作「義」。

〔八〕岸　句解本、清江堂本下有「遨之」二字，承下句。

〔九〕滿室　清江堂本同，句解本作「觸鼻」。

〔一〇〕人間　句解本、清江堂本作「塵間」。

〔一一〕疑　句解本、清江堂本作「塵」。

〔一二〕那　句解本、清江堂本作「没」，同原詩。

〔一三〕「而湘靈者」至「貞烈之輩」　黄正位本、《稗家粹編》、《廣艷異編》、余本《燕居筆記》同，虞淳熙序本作「而湘靈者，堯之女、舜之妃也。是皆賢聖貞烈之儔」，句解本、清江堂本作「而湘靈者，堯女舜妃，是皆賢聖之裔、貞烈之倫」。按：句解本、清江堂本言湘靈爲「賢聖之裔」可通，但是言姮娥、后土、巫山神女都爲「賢聖之裔」，就有不通之處了。底本、虞淳熙序本、《稗家粹編》泛言姮娥、后土、巫山、湘靈是「賢聖之倫、貞烈之輩」則通。而「賢聖之裔」的説法，實由下文「湘君夫人，賢聖之裔」所引起，句解本、清江堂本將其改爲：「湘君夫人，帝舜之配。陟方之日，蓋已老矣。」句解本、清江堂本將「湘君夫人，賢聖之裔」修改爲「湘君夫人，帝舜之配」後，把未用到的「賢聖之裔」四字挪到前面了，但疏失也就産生了，這是修改時前後失應造成的。

〔一四〕封陟　原作「封涉」，黄正位本、《廣艷異編》、余本《燕居筆記》同，據句解本、清江堂本、虞淳熙序本改。

〔一五〕雲英之遇裴航　原作「麻姑之過方平」，黄正位本、《稗家粹編》、《廣艷異編》、虞淳熙序本、余本《燕居筆記》同，據句解本、清江堂本改。按：唐杜光庭《墉城集仙録》云：「麻姑，乃上真元君之亞也。」在道教女仙位次中，麻姑僅居聖母元君（玄妙玉女）、金母元君（西王母）之後，屬於地位較高的女仙。葛洪《神仙傳》言麻姑與王方平僅在一起喝酒，没有親昵關係。元趙道一《歷世真仙體道通鑑》云：「麻姑，乃王方平之妹。」而上元與封陟、蘭香與張碩、彩鸞與文簫、雲英與裴航之間都有一段情感關係。可見句解本更準確。

〔一六〕彩鸞之遇文簫　虞淳熙序本作「雙成之配蕭防」。按：雙成，即董雙成，相傳爲西王母之侍女。

明王世貞《列仙全傳》卷九：蕭防，南昌人。爲句容縣簿。遊玉晨觀華陽洞，至芷珠殿，一紫袍人稱東方大夫、華陽洞主，謂曰：「汝之遠祖蕭史真人，命董雙成與汝成婚。」令梁玉清引上殿，見一女子，交拜。宴終，恍如夢覺。即棄官入山學道，竟成飛舉。

〔一七〕侮之哉　句解本、清江堂本無此三字。

〔一八〕慢神瀆天　句解本、清江堂本作「慢天瀆神」。

〔一九〕賢聖之裔　句解本、清江堂本作「帝舜之配。陟方之日，蓋已老矣」。

〔二〇〕嚴君平　句解本、清江堂本作「嚴先生」。按：對博望侯張騫示以尊稱，對嚴君平則直呼其名，似有前後失應之嫌。

〔二一〕天星　句解本、清江堂本作「大星」。

〔二二〕附火　句解本、清江堂本作「燠」。

〔二三〕納涼而授風　清江堂本同，句解本作「乘風而涼」。

〔二四〕顏貌如澤　句解本、清江堂本作「顏貌紅澤」，余本《燕居筆記》作「顏貌如玉」。

緑衣人傳〔一〕

天水趙源，早喪父母，未有妻室。延祐間〔二〕，遊學至於錢塘，僑居西湖葛嶺之上，其側則宋賈秋壑舊宅也。源獨居無聊，嘗日晚倚徙門外。見一女子從東來，緑衣雙環，年可十五六，雖不盛妝濃飾，姿色過人。源駐目久之。明日出門又見，如此凡數度，日晚輒來。源〔三〕問之曰：「家居何處？暮暮來此。」女笑而拜曰：「兒家與君爲鄰，君自不識爾。」源試挑之，女欣然而應。因遂留宿，甚相親昵。明旦辭去，夜則復來。如此凡月餘，與源情愛甚至。源問其姓名居址。女曰：「君但得美婦則已，何用强知！」問之不已，則曰：「兒常衣緑，但呼我爲『緑衣人』可矣。」終不告以居址之所在。源意其爲巨室妾媵，夜出私奔，或恐事蹟彰聞，故不肯言耳。信之不疑，寵念轉密。

一夕，源被酒，戲指其衣曰：「此真可謂『緑兮衣兮，緑衣黄裏〔四〕』者也。」女有慚色，數夕不至。及再來，源扣之，乃曰：「本欲相與偕老，奈何以婢妾待之？令人忸怩而不安，故數日不敢至〔五〕君之側。然君已知矣。今不復隱，請得備言之。兒與君，舊相識也。今非至情相感，莫能及此。」源問其故，女慘然曰：「得無相難乎？兒實非今世人，亦非有禍於君者，蓋冥數當然，夙緣未盡耳。」源大驚：「願聞其詳。」女曰：「兒故宋平章秋壑之侍女也。本臨安良家子，少善弈棋，年十五，以棋童入侍。每秋壑回朝，宴坐半閒堂，必召兒侍弈，備見寵愛。是時君爲其家蒼頭，職主烹茶，每因〔六〕進茶甌，得至後堂。君時年少，美姿容，兒見而慕之。嘗以繡羅錢篋乘暗投君，君亦以玳瑁脂盒爲贈，彼此雖各有意，而府第深遠〔七〕，内外嚴密，終莫能得其便。後爲同輩所覺，嫉而〔八〕讒於秋壑，遂與君俱賜死於西湖斷橋下。君今以再生爲人，而兒猶在鬼録，得非命歟！」言訖，嗚咽泣下。源亦爲之動容。久之乃曰：「審如此，則吾與汝再世因緣也。當更加親愛，以償疇昔之願。」自此遂留居源家，不復更去。源素不善棋，教之弈，盡得其妙。凡平日以棋稱者，皆莫能敵也。

每説秋壑舊事，其所目擊者，歷歷甚詳。嘗言：秋壑一日倚樓閒望，諸姬皆侍。適有二人葛巾野服[九]，乘小舟由湖登岸。一姬曰：「美哉二少年！」秋壑曰：「汝願事之乎？當令納聘。」姬笑而無言。逾時，令人捧一合，呼諸姬至前曰：「適與某姬納聘。」及啓視之，則姬之首也。諸姬戰慄而退。

又嘗販鹽數百艘至都市賣之。太學有詩曰：

昨夜江頭湧碧波，滿船都載相公鹺。
雖然要作調羹用，未必調羹用許多。

秋壑聞之，遂以士人付獄，置之於法[一〇]。

又嘗於浙西行公田，民受其苦，或題詩於路左云：

襄陽累歲困孤城，豢養湖山不出征。
不識咽喉形勝地，公田枉自害蒼生。

秋壑見之，捕之而遭戮。

又嘗齋雲水千人，其數已足。末有一道士，衣裾甚藍縷，至門求齋。主者以數足，不肯引入，道士堅求不去。不得已，於門齋焉。齋罷，覆其鉢於案而去。衆悉力舉之，不動。啓於秋壑，自往舉之，乃有詩二句云：「得好休時便好休，收花結子在綿州。」始知真仙降臨而不識也，然終不喻綿州之意。嗚呼！孰知有漳州木綿庵之厄？

又嘗有梢人泊舟蘇堤，時方盛暑，卧於舟尾，中夜不寐。見三人不盈尺，集於沙際。一曰：「張公至矣，如之奈何？」一曰：「賈平章非仁者，决不相恕。」一曰：「我則已矣，公等及見其敗也。」相與泣入水中。次日，漁者張公獲得一鱉，徑二尺餘，納之府第。不三四年〔二〕而禍作。蓋物已先知數而不可逃也。

源曰：「吾今日與汝相遇，抑豈非數乎？」女曰：「是誠不妄矣。」源曰：「然則汝之精氣，能久存於世耶？」女曰：「數至則散矣。」源曰：「然則何時？」女曰：「三年耳。」源固未之信。及期，卧病不起，源爲之迎醫，女不欲，曰：「曩已與君言矣，因緣之期，夫婦之情，盡乎此矣。」以手握源臂告之曰：「兒以幽冥之質，得配君子，荷蒙不棄，周旋許時。往興一念之私，俱蹈不測之禍。然而海枯石爛，此恨難消；地老天荒，此情不泯。今幸得續前生之好，踐往世之盟。三載於兹，願亦足矣。請從此辭，毋更以爲念也！」言訖，面壁而卧，呼之而不應。源大傷感，爲治棺槨〔三〕而斂之。將葬，怪其柩甚輕，啓而視之，惟衣衾〔三〕在耳，乃虚葬于北山之麓。源感其情，不復再娶，投靈隱寺，出家爲僧，終其身焉。

〔一〕本篇收入《稗家粹編》卷六、《艷異編》卷三九、余公仁編《燕居筆記》卷八，《緑窗女史》卷七（妄題作者爲元吴衍，文字從清江堂本）；《情史》卷十，題《緑衣人》。周朝俊《紅梅記》傳奇取材於本篇。

〔二〕延祐間　據句解本、清江堂本、《緑窗女史》、《情史》、余本《燕居筆記》、《艷異編》補。

〔三〕源　句解本、清江堂本下有「戲」字。

〔四〕緑衣黄裏　《稗家粹編》、虞淳熙序本同，句解本、清江堂本、《緑窗女史》、《情史》、《艷異編》作「緑衣黄裳」，余本《燕居筆記》誤作「緑衣黄冠」。按：二語均出《詩經·國風·緑衣》。古時以黄爲正色，緑爲間色。以緑色爲衣，用黄色爲裏，舊喻尊卑反置，貴賤顛倒。鄭玄箋：「婦人之服，不殊衣裳，上下同色。今衣黑而裳黄，喻亂嫡妾之禮。」朱熹《詩集傳》言：「『緑衣黄裏』，以比賤妾尊顯而正嫡幽微，使我憂之不能自已也。」「今以緑爲衣，而黄者自裏轉而爲裳，其失益甚矣。」聯係下文「女有慚色」的語境，「黄裏」、「黄裳」二通。

〔五〕至　句解本、清江堂本作「侍」。

〔六〕因　句解本、清江堂本下有「供」字。

〔七〕府第深遠　句解本、清江堂本無此四字。

〔八〕嫉而　句解本、清江堂本無此二字。

〔九〕葛巾野服　句解本、清江堂本、《緑窗女史》、余本《燕居筆記》、《艷異編》作「烏巾素服」。按：元劉一清《錢塘遺事》卷五「賈相之虐」：「賈似道居西湖之上，嘗倚樓望湖，諸姬皆從。適二人道裝羽扇，乘小舟由湖登岸。」《西湖遊覽志餘》卷五「佞幸盤荒」條亦作「道裝羽扇」。葛巾野服，是指隱逸之士常服，亦泛指平民服裝；道裝羽扇，則爲道教或佛教信徒的裝扮。對比原文出處，文字幾乎相同，句解本似乎是有意與原文區分。卷四《龍堂靈會録》亦有「葛巾野服」的用法。

〔一〇〕置之於法　句解本、清江堂本、余本《燕居筆記》作「論以誹謗罪」。

〔一一〕三四年　句解本、清江堂本無「四」字。

〔一二〕棺槨　句解本、清江堂本作「棺櫬」。

〔一三〕衣衾　句解本、清江堂本下有「釵珥」二字。

剪燈新話卷之二

山陽瞿佑宗吉　著

令狐生冥夢録

令狐譔者，剛直之士也。生而不信神明，傲誕自得。有言及鬼神變化、幽冥果報之事，必大言折之。所居鄰近有烏老者，家本巨富，貪求不止，敢爲不義，兇惡著聞。一夕病卒，卒之三日而再甦。人問其故，則曰：「吾死之後，家人多焚楮幣，廣爲佛事〔一〕，冥官喜之，因是得還耳。」譔聞之，尤其不忿，曰：「始吾謂世間貪官污吏受財曲法，富者納賄而得全，貧者無貲而蹈罪，豈意冥府尤甚〔二〕焉！」乃作詩〔三〕曰：

一陌金錢便返魂，公私隨處可通門！
鬼神有德〔四〕開生路，日月無光照覆盆。
貧者何緣蒙佛力，富家容易受天恩。
早知善惡都無報，多積黄金遺子孫！

詩成，復朗吟數過。是夜，明燭獨坐。忽有二鬼使，狀貌獰惡，直至其前曰：「地府奉追。」譔大驚，方欲辭避，一人執其衣，一人挽其帶，驅之出門。足不停〔五〕地，須臾已至。

見大官府若世間臺省之狀。二使將譔入門，遥望殿上有王者被冕旒，衣腥紅袍〔六〕，據案而坐。二使令譔伏於階下，即上致命曰：「奉命追令狐譔已至。」即聞王者厲聲曰：「既讀儒書，不知自檢，敢爲狂詞，謗我官府，合付犁舌獄。」遂有鬼卒數人，牽之令去。譔大懼，攀挽殿檻〔七〕不得去，已而檻折，乃大呼曰：「令狐譔，人間儒士，無罪受刑，皇天有知，乞賜昭鑒！」見殿上有一緑袍秉笏者，號稱明法，禀於王曰：「此人好訐，若遽然加罪，必不肯伏。不若令其供責所犯，明正其罪，當無辭也。」王曰：「善！」乃有一吏，操紙筆於譔前，逼其供狀。譔固稱無罪，不肯下筆〔八〕。忽聞殿上曰：「汝言無罪〔九〕，所謂『一陌金錢便返魂，公私隨處可通門』，誰所作也？」譔始大悟，即俯伏于地而供〔一〇〕曰：

伏以混沌二氣，初分天地之形；高下三才，不設鬼神之位〔一一〕。降自中古，始肇多端。焚幣帛以通神，誦經文而諂佛。於是名山大澤，咸有靈焉；古廟叢祠，亦多主者。蓋以群生昏墊，衆類冥頑，或長惡而不悛，或行兇而自恣。以强凌弱，恃富欺貧。上不忠於君親，下不睦於宗黨。貪財悖義，見利忘恩。天門高而九重莫知，地府深而十殿是列。設剉燒舂磨之獄，具輪迴報應之科，使爲善者勸而益勤，爲惡者懲而知戒。可謂法之至密，道之至公。然而威令所行，既前瞻而後仰；聰明所及，反小察而大遺。貧者入獄而受殃，富者轉經而免罪。惟取傷弓之鳥，每漏吞舟之魚。賞罰之際，不宜如是。至如譔者，三才賤士，一介窮儒。左枝右梧，未免兒啼女哭；東塗西抹，不救腸餒身寒〔一二〕。偶以不平而鳴，遽獲多言之咎。悔噬臍而莫及，恥摇尾而乞憐。今蒙責其罪名，逼其狀伏。批龍鱗，探龍頷，豈敢求生；料虎頭，編虎鬚，固知受禍。言止此矣，伏乞鑒之！

書畢，吏取以進〔一三〕。王覽訖，批曰：「令狐譔持論頗正，難以加罪，秉志不回，非可威屈。今觀所陳，實爲有理，可特放還，以彰愚直〔一四〕。」乃命復追烏老，置之于獄。而命二使送譔還家。譔懇二使曰：「僕在人間，以儒爲業，雖聞地獄之事，不以爲然。今既到此，可一觀否？」二使曰：「欲觀亦不難，但稟知刑曹録事耳。」即引譔循西廊而行，至一舍〔一五〕，文簿山積，録事處其中。二使以譔入白，録事即以硃筆批一帖付之。其文若篆籀，不可識。二使得之與〔一六〕譔。出府門，投北行數百步〔一七〕，見鐵城巍巍，黑霧漲天，守禦者甚衆，皆牛頭馬面〔一八〕，青體紺髮，衣犢鼻裩，執狼牙棍〔一九〕，或坐或立於門下〔二〇〕。二使以批帖示之，即放之入。見左右罪人〔二一〕，被剥皮刺血，剔心剜目，叫呼怨痛，宛轉其間，苦楚之聲動地。至一處，見鐵〔二二〕柱二，縛一女人及一男子〔二三〕于上，有夜叉〔二四〕剖其胸，腸胃流出，復以沸湯沃之，名曰洗滌。譔又問其故。曰：「此人在世爲醫，因醫此婦之夫，遂與婦通，已而其夫病卒。雖非二人殺之，原情定罪，殆過於殺也，故受此報。」又至一處，見群僧〔二五〕裸體，諸鬼以牛馬皮覆之，皆成異類〔二六〕。有趦趄不就者，即以鐵鞭驅之，血流滿背〔二七〕。譔又問其故。曰：「此輩在世，不耕而食，不織而衣，而又不守戒律，犯色〔二八〕茹葷，故令轉生異物〔二九〕，出力以報人耳。」最後又至一處，額〔三〇〕曰「誤國之門」。見數十人坐於鐵牀上，身具桎梏，以青石爲枷壓之。二使指一人示譔曰：「此即宋朝〔三一〕秦檜也。謀害岳飛〔三二〕，迷誤其主，故受其罪〔三三〕。其餘亦皆歷代誤國之臣也。每一朝革命，即驅之出，令毒蛇〔三四〕噬其肉，鐵〔三五〕鷹啄其髓，骨肉狼藉〔三六〕至盡，復以神水〔三七〕灑之〔三八〕，隨即旋生〔三九〕。此輩雖歷億萬劫，不可得而出世矣。」譔觀畢，求回。二使送之至家。譔顧謂曰：「感君相送，無以爲報。」二使笑曰：「報則不敢望，但請君勿更爲詩以累我爾。」譔亦大笑。欠伸〔四〇〕而覺〔四一〕，乃一夢也。及旦，急叫烏老之家而問焉，則果於是夜三更没矣。

〔一〕多焚楮幣廣爲佛事　句解本、清江堂本乙作「廣爲佛事，多焚楮幣」。
〔二〕尤甚　句解本、清江堂本作「乃更甚」。
〔三〕乃作詩　句解本、清江堂本作「因賦詩」。
〔四〕德　清江堂本作「得」。
〔五〕停　句解本、清江堂本作「履」。
〔六〕衣腥紅袍　句解本、清江堂本無此四字。

〔七〕殿檻　句解本、清江堂本作「檻楯」。

〔八〕不肯下筆　句解本、清江堂本作「不知所供」。

〔九〕罪　清江堂本下有「如何誹謗」四字。

〔一〇〕俯伏於地而供　句解本作「下筆大書以供」，清江堂本作「下筆大書以供其過」。

〔一一〕不設鬼神之位　句解本、清江堂本作「不列鬼神之數」。

〔一二〕腸餒身寒　句解本、清江堂本作「命蹇時乖」。

〔一三〕書畢吏取以進　清江堂本作「供訖，什」；句解本無此六字。

〔一四〕愚直　清江堂本同，句解本作「遺直」。按：《左傳》載：叔向，古之遺直。

〔一五〕至一舍　句解本、清江堂本作「別至一廳」。

〔一六〕二使得之與　句解本、清江堂本無此五字。

〔一七〕數百步　句解本、清江堂本作「里餘」。

〔一八〕馬面　句解本、清江堂本作「鬼面」。

〔一九〕衣犢鼻褌執狼牙棍　句解本、清江堂本作「各執戈戟之屬」。

〔二〇〕門下　句解本、清江堂本作「門左右」。

〔二一〕人　句解本、清江堂本下有「無數」二字。

〔二二〕鐵　句解本、清江堂本作「銅」。

〔二三〕一女人及一男子　句解本、清江堂本作「男女二人」。

〔二四〕夜叉　句解本、清江堂本下有「以刃」二字。

〔二五〕群僧　句解本、清江堂本作「僧尼」。

〔二六〕異類　句解本、清江堂本作「畜類」。

〔二七〕血流滿背　句解本、清江堂本作「流血狼藉」。

〔二八〕犯色　句解本、清江堂本作「貪淫」。

〔二九〕轉生異物　句解本、清江堂本作「化爲異類」。

〔三〇〕額　句解本作「榜」。

〔三一〕朝　清江堂本下有「太師」二字。

〔三二〕岳飛　句解本、清江堂本作「忠良」。

〔三三〕罪　清江堂本下有「永無出期」四字。

〔三四〕蛇　句解本、清江堂本作「虺」。

〔三五〕鐵　句解本、清江堂本作「鐖」。

〔三六〕狼藉　句解本、清江堂本作「糜爛」。

〔三七〕神水　黄正位本訛作「水神」。

〔三八〕之　句解本、清江堂本下有「業風吹之」四字。

〔三九〕隨即旋生　句解本、清江堂本作「仍復本形」。
〔四〇〕欠伸　據句解本補。
〔四一〕覺　清江堂本下有「一身冷汗」四字。

天台訪隱録

台州〔一〕徐逸，粗通書史，以端午日入天台山採藥。同行數人，憚於涉險，中道而還。惟逸愛其山明水秀，樹木陰翳，進不知止，且誦孫興公之賦而歎其妙曰：「『赤城霞起而建標，瀑布飛泉而界道。』誠非虚語也。」更前數里，則斜陽在山〔二〕，飛鳥投林，進無所抵，退不及還矣。躊躇之間，忽澗水中有一巨瓢流出。逸喜曰：「此豈有居人乎？否則必琳宫佛刹〔三〕也。」遂循〔四〕澗而行，不里餘，至一路〔五〕口，以巨石爲門，入數十步，則豁然寬敞，有居民四五十家，衣冠古樸，氣質純厚，石田茅屋，竹户荆扉，犬吠鷄鳴，桑麻掩映，儼然一鄉村〔六〕也。見逸至，皆驚問曰：「客何爲者？焉得而涉吾境？」逸告以入山採藥，失路而至此。遂皆〔七〕不語，漠然無延接之意。惟一老人，衣冠若儒者，扶藜杖而前，自稱太學陶上舍，揖逸而言曰：「山澤深險，豺狼之所嘷，魑魅之所遊，日又晚矣，若固相拒，是見溺而不援也。」乃邀逸歸其室。坐定，逸起而問曰：「僕生於斯，長於斯，遊於斯久矣，未聞有此鄉也。敢問。」上舍蹙額〔八〕而答曰：「避世之士，逃難之人，若述往事，徒增感傷耳！」逸固請其故。始曰：「吾自宋朝已卜居于此矣。」逸大驚。上舍乃具述曰：「僕生於理宗嘉熙丁酉之歲。既長，寓名太學，居率履齋，以講《周易》爲衆所推。度宗朝兩冠堂試，一登省薦。方欲立身揚名，傳之後世〔九〕。不幸度皇晏駕，太后臨朝，北兵渡江，時事大變。嗣君改元德祐之歲，即挈家逃竄于此。其餘諸人，亦皆同時避難者也。年深歲久，因而安焉。種田得粟，採山得薪，鑿井而飲，架屋而息。寒往暑來，日居月諸，但見花開爲春，葉落爲秋耳，不知今日〔一〇〕是何甲子也。」逸曰：「今天子聖神文武，混一華夏，繼元啓運〔一一〕，國號大明。太歲〔一二〕在閼逢攝提格，改元洪武之七載也。」上舍曰：「嘻，吾止知有宋，不知有元，安知今日爲大明之朝也！願客爲我略陳三代興亡之故，使得聞之。」逸乃曰：「宋德祐丙子之歲，元兵入臨安，三宮遷北。是歲益王〔一三〕即位于海上，改元景炎。未幾而卒〔一四〕，謚爲端宗。衛王〔一五〕繼立，爲元兵所逼，赴水而死，宋遂以亡〔一六〕，實元朝至元〔一七〕戊寅之歲也。元既併宋，奄有南北，自戊寅至於至正丁未〔一八〕，歷甲子一周有半而滅。今則大明繼〔一九〕統，洪武萬年之七年也。蓋自德祐丙子，至於洪武甲寅〔二〇〕，上下已及百歲矣。」上舍聞之，不覺流涕。既而山空夜静，萬籟寂然，逸遂宿其室。土牀石枕，亦甚整潔，但神清骨冷，不能成其寐爾。明日，殺鷄爲黍，以瓦盆盛松醪飲逸。上舍自爲《金縷詞》一闋，歌以侑觴曰：

夢覺黄糧熟。怪人間、曲吹别調，棋翻新局。一片殘山並剩水，幾度英雄争鹿！筭到今、誰榮誰辱？白髮書生差耐久，向林間嘯傲山間宿。耕緑野，飯黄犢。市朝遷變成陵谷。問東風、舊家燕子，飛歸誰屋？前度劉郎今尚在，不帶看花之福。但燕麥兔葵〔二一〕盈目。浮世〔二二〕光陰容易過，嘆人生待足何時足？樽有酒，且相屬。

歌罷，復與逸話前宋舊事，亹亹不厭。乃言：「寶祐丙辰，親策進士。文天祥卷在四，而理宗〔二三〕易爲舉首。賈似道當國時，造第於葛嶺，專制朝政〔二四〕，當時有『朝中無宰相，湖上有平章』之句。一宗室爲嶺南縣令，獻孔雀二，置之半閒堂下，見其馴擾可愛，大喜〔二五〕，即除其人爲本郡倅〔二六〕。襄陽之圍，吕文煥募人以蠟書告急於朝，其人愬於似道曰：『襄陽之圍六年矣，易子而食，析骸而爨，亡在旦夕。而師相方且鋪張太平，迷惑主聽。誠恐履霜而堅冰至，剥牀而灾及膚〔二七〕。一旦虜馬渡江〔二八〕，胡塵犯闕，皮之不存，毛將焉傅〔二九〕？師相亦安得久有此富貴耶？』遂扼吭而死。謝堂〔三〇〕乃謝后之姪，殷富無比。嘗夜宴客，設水晶簾，燒沉香火，以徑尺瑪瑙盤盛大珠四顆，光照一室，不用燈燭；有黄金七寶酒甕，重十數斤，優人獻誦樂語〔三一〕，即於座賜之以示侈〔三二〕。謝后臨朝，夢天傾東南，一人擎之，力若不勝，蹶而復起者三。已而一日墜地，傍有一人捧而奔，既覺，以夢遍訪於群臣〔三三〕，得二人焉。狀貌酷似〔三四〕擎天者文天祥，捧日者陸秀夫也，遂不次而用之。江萬里去國，都民送之郭外者千計，攀轅不忍捨去。城門既闔，皆宿於野，明旦始得入〔三五〕。似道出督，御真珠馬鞍、白銀鎧〔三六〕，建五丈飛虎旗，張三簷舞鳳蓋〔三七〕。千里馬二，一馱督府之印，一載制書并隨軍賞給，以黃帕覆之。都民罷市而觀。出師之盛，未之有也。」又論當時諸臣曰：「陳宜中謀而不斷，家鉉翁節而不通，張世傑勇而不果，李庭芝智而不達，具是四者〔三八〕，其文天祥乎！」如是者凡數百言，皆歷歷可聽。是夕，逸又宿焉。

明早，告歸。上舍乃爲古風一篇以餞之。曰：

建炎南渡多翻覆，泥馬迎來御黃屋。
盡將舊物付他人，江南自作龜兹國。
可憐行酒兩青衣，萬恨千愁誰得知。
五國城邊〔三九〕寒月照，黃龍塞上朔風吹。
東窗計就通和好，鄂王〔四〇〕賜死蘄王老。
酒中不用〔四一〕劉四廂，湖上須尋宋五嫂。
累世内禪罷言兵，八十餘年稱太平。
度皇晏駕弓劍遠，賈相出師笳鼓驚。

携家避世逃空谷，西望端門捧鬚〔四二〕哭。
毀車殺馬斷來蹤，鑿井耕田聊自足。
南鄰北舍自成婚，遺風仿佛朱陳村。
不向市〔四三〕中供賦役，只從屋底長兒孫。
喜君涉險來相訪，問舊頻扶九節杖。
時移世換〔四四〕太匆忙，物是人非愈惆悵。
感君爲我暫相留，野簌山殽備獻酬。
舍下鷄肥不用買，牀頭酒熟不用〔四五〕蒭。
君到人間頻〔四六〕致語，今遇昇平樂安處。
相逢不用苦相疑，我輩非仙亦非鬼。

遂送逸出路口，揮袂而別。逸沿途每五十步，插一竹枝以記之〔四七〕。到家數日，乃具酒醴，携肴饌，率家僮輩賫往訪之。則重岡叠嶂，不復可尋；豐草喬林，絶無蹤跡。往來於樵溪牧逕之間，但聞谷鳥飛〔四八〕鳴、嶺猿哀嘯而已，竟惆悵而歸。逸念上舍自言生於嘉熙丁酉，至今則百有四十歲，而顔貌不衰〔四九〕，止〔五〇〕若五六十者，其有道之流歟？

〔一〕台州　句解本、清江堂本作「台人」。

〔二〕山　句解本、清江堂本作「嶺」。
〔三〕佛刹　句解本、清江堂本作「梵宇」。佛刹、梵宇俱稱佛寺，琳宫則指道觀。
〔四〕循　句解本、清江堂本作「沿」。
〔五〕路　句解本、清江堂本作「衖」。
〔六〕鄉村　句解本、清江堂本作「村莊」。下同。
〔七〕皆　句解本、清江堂本作「相顧」。
〔八〕蹙額　句解本、清江堂本作「顰蹙」。
〔九〕傳之後世　句解本、清江堂本作「以顯於世」。
〔一〇〕日　句解本、清江堂本下有「是何朝代」四字。
〔一一〕混一華夏繼元啓運　句解本、清江堂本乙作「繼元啓運，混一華夏」。
〔一二〕太歲　清江堂本下有「甲寅」二字。按：閼逢攝歲在甲，提格歲在寅，即甲寅年（一三七四）。
〔一三〕益王　黄正位本、虞淳熙序本同，句解本、清江堂本作「廣王」。按：《宋史》卷四十七《本紀》第四十七《瀛國公二王附》，趙昰係宋度宗庶子，先後被封爲吉王、益王。德祐二年（一二七六）五月，即位於福州，是爲端宗，改元景炎。句解本、清江堂本均誤。
〔一四〕卒　句解本、清江堂本作「崩」。按：句解本等改「卒」爲「崩」，更符合趙昰的帝王身份。
〔一五〕衛王　黄正位本、虞淳熙本同。句解本、清江堂本作「益王」。按：《宋史》卷四十七《本紀》第四十七《瀛國公二王附》，趙昺係宋度宗庶子，先後被封爲信王、廣王、衛王。景炎三年（一二七八）四月，端宗死後繼位，改元祥興。句解本、清江堂本誤。

〔一六〕宋遂以亡　句解本、清江堂本作「宋祚遂亡」。

〔一七〕至元　句解本、清江堂本無此二字。

〔一八〕自戊寅至於至正丁未　句解本、清江堂本作「逮至正丁未」。

〔一九〕繼　句解本、清江堂本作「肇」。

〔二〇〕至於洪武甲寅　句解本、清江堂本作「至今」。

〔二一〕燕麥兔葵　句解本、清江堂本作「兔麥燕葵」。「兔葵燕麥」形容景象荒凉，典出《本事詩·事感》。劉禹錫《再遊玄都觀》序云：「重遊玄都，蕩然無複一樹，唯有兔葵燕麥動摇於春風耳。」

〔二二〕浮世　清江堂本同，句解本作「羊胛」。

〔二三〕理宗　句解本、清江堂本作「理皇」。

〔二四〕專制朝政　句解本、清江堂本無此四字。

〔二五〕大喜　句解本、清江堂本無此二字。

〔二六〕郡倅　句解本同，清江堂本作「郡守」。

〔二七〕誠恐履霜而堅冰之剥牀而灾及膚　句解本、清江堂本無此十四字。

〔二八〕渡江　句解本、清江堂本作「飲江」。

〔二九〕胡塵犯闕皮之不存毛將焉傅 句解本、清江堂本作「家國傾覆」。

〔三〇〕謝堂 原作「謝瑩」，黄正位本、虞淳熙序本、清江堂本同，據句解本改。按：謝堂，字陞道，號恕齋，係太后謝道清内姪。

〔三一〕優人獻誦樂語 句解本、清江堂本在「有黄金七寶酒甕」句前。

〔三二〕賜之以示侈 句解本、清江堂本作「賜之不吝」。

〔三三〕既覺以夢遍訪於群臣 句解本、清江堂本作「覺而遍訪於朝」。

〔三四〕狀貌酷似 句解本、清江堂本作「厥狀極肖」。

〔三五〕明旦始得入 句解本、清江堂本無此五字。

〔三六〕真珠馬鞍白銀鎧 句解本、清江堂本乙作「白銀鎧、真珠馬鞍」。

〔三七〕建五丈飛虎旗張三簷舞鳳蓋 句解本、清江堂本無此十二字。

〔三八〕具是四者 句解本、清江堂本作「其最優者」。

〔三九〕邊 句解本、清江堂本作「中」。

〔四〇〕鄂王 原作「岳王」，黄正位本、虞淳熙本同，據句解本、清江堂本改。按：岳飛被追封鄂王，韓世忠被封蘄王。二者前後對應，句解本較勝。

〔四一〕用 句解本、清江堂本作「見」。

〔四二〕鬚 句解本、清江堂本作「頭」。

〔四三〕市　句解本、清江堂本作「城」。

〔四四〕世换　句解本、清江堂本作「事變」。

〔四五〕用　句解本、清江堂本作「須」。

〔四六〕頻　句解本、清江堂本作「煩」。

〔四七〕之　清江堂本作「回路之途」。

〔四八〕飛　句解本、清江堂本作「悲」。「飛鳴」與「悲鳴」二者俱通，若與下文「哀嘯」駢儷對應，「悲鳴」更好，則句解本勝。

〔四九〕哀　句解本、清江堂本下有「言動詳雅」四字。

〔五〇〕止　原訛作「正」，黄正位本、虞淳熙序本同，據句解本、清江堂本改。

滕穆醉遊聚景園記〔一〕

延祐初，永嘉滕生名穆，年二十六。美風調，善吟詠，爲衆所推重〔二〕。素聞臨安山水之勝，思一遊焉。甲寅歲，科舉之詔興，遂以鄉書赴薦。至則僑居湧金門外，無日不往於南北兩山及湖上諸刹，靈隱、天竺、净慈、寶石之類，以至玉泉、虎跑、天龍、靈鷲，石屋之洞，冷泉之亭，幽澗深林，懸崖絶壁，足殆將遍焉。七月之望，於麯院賞蓮，因而宿湖，泊舟雷峰塔下。是夜，月色如晝，荷香滿身，時聞大魚跳擲於波間，宿鳥飛鳴于岸際。生已大醉，寢不能寐，披襟而起，繞堤觀望。行至聚景園，信步而入。是時宋亡已四十年，園中臺館，如會芳殿、清虚閣[三]、翠光亭，皆已頹毁。惟瑶津、西軒巋然獨存。生至軒下，倚欄少憩。忽見有一美人先行，一侍女隨之，自外而入。風鬟霧鬢，綽約多姿，望之殆若神仙。生於軒下屏息以觀其所爲。美人曰：「湖山如故，風景不殊，但時移世换，令人有《黍離》之悲爾！」行至園北太湖石畔，遂詠詩曰：

湖上園亭好，重來憶舊遊。
徵歌調玉樹，閲舞按梁州。
徑狹花迎輦，池深柳拂舟。
昔人皆已殁，誰與話風流？

生放逸者，初見其貌，已不能定情。及聞此作，技癢不可復禁，即於軒下續吟曰：

湖上園亭好，相逢絶代人。
嫦娥辭月殿，織女下天津。
未會心中意，渾疑夢裏身。
願吹鄒子律，幽谷發陽春。

吟已，即趨出赴之。美人亦不驚訝，但徐言曰：「固知郎君在此，特來尋訪耳。」生問其姓名，美人曰：「妾棄人間已六十年矣〔四〕，欲自陳叙，誠恐驚動郎君。」生聞此言，審其爲鬼，亦無所懼。固問之，乃曰：「芳華姓衛，故〔五〕理宗朝宫人也。年二十三而没，殯於此園之側。今晚因往演福訪賈貴妃，蒙延坐久，不覺歸遲，致令郎君於此久待。」即命侍女曰：「翹翹，可於舍中取茵席酒果來，今夜月色如此，郎君又至，不可虚度，可便於此賞月也。」翹翹應命而去。須臾，以〔六〕氍毹鋪於中庭，設白玉碾花樽、碧琉璃盞，醪醴馨香，聞於空際〔七〕。與生談謔笑詠，言詞〔八〕清婉。復命翹翹歌以勸酒，翹翹請歌柳耆卿《望海潮》詞。美人曰：「對新人不宜歌舊曲。」即于座上自製《木蘭花慢》一闋，令翹翹歌之。曰：

記前朝舊事，曾此地，會神仙。向月砌〔九〕雲堦，重携翠袖，來拾花鈿。繁華總隨流水，歎一場、春夢杳難圓。廢港芙渠滴露，斷堤楊柳垂烟。　兩峰南北只依然，輦路草芊芊。悵别館離宫，烟銷鳳蓋，波没龍船。平生銀屏金屋，對漆燈、無焰夜如年。落日牛羊壟上，西風燕雀林邊。

歌竟，美人潸然出淚。生以言慰解，仍以微詞挑之，以觀其意。即起謝曰：「殂謝之人，久爲塵土，若得奉侍巾櫛，死且不朽。且郎君適間詩句，固已許之矣。願吹鄒子之律，而一發幽谷之春也。」生曰：「向者之詩，率口而成，實本無意，豈料便爲語讖。」良久，月隱西垣，星沉北嶺〔一〇〕，即命翹翹撤席。美人曰：「敝居僻陋，非郎君之所處，只此西軒可也。」

遂與生携手而入，息于〔一二〕軒下。交會之事，一如人間。將旦，揮涕而別。

明日〔一三〕，生往訪，於園側果有宋宫人衛芳華之墓。墓左一小丘，即翹翹墓也。生感嘆逾時。至暮，又赴西軒，則美人已先在矣。謂生曰：「日間感君相訪，然而妾止卜其夜，未卜其晝，故不敢奉見。數日之後，當得無間矣。」是後，生無夕而不往。一旬之後，白晝亦見。生遂携歸所寓安焉。已而生下第東歸，美人願隨之去。生問翹翹：「何以不從？」曰：「妾既奉侍君子，舊宅無人，留之看守耳。」生遂與之回鄉里，見親黨，詒之曰：「娶於杭郡之良家。」衆見其舉止温柔，言詞慧利，信且悦之。美人處生之室，奉長上以禮，待婢僕以恩，左右鄰里，俱得其歡心。且又勤於治家，潔於守己，雖中門之外，未嘗輕出。衆咸賀生得内助。

荏苒三載，當丁巳歲之中秋〔一三〕，又治裝赴浙省鄉試。行有日矣，美人請於生曰：「臨安，妾鄉也。從君至此，已得三秋。今而君往，願得一歸，以訪翹翹也〔一四〕。」生許諾，遂買舟同載，直抵錢塘，僦屋居焉。至之明日，適值七月之望，美人謂生曰：「三年前曾於今夕與君相會，今而適當其期，欲與君一往聚景園，再續舊遊可乎？」生如其言，載酒而往。

至晚，東城月上，南浦荷香〔一五〕，露柳烟篁，動摇堤岸，宛具昔時之景。行至園前，則見翹翹迎拜於路左曰：「娘子陪侍郎君，遨遊郡邑，首尾三〔一六〕年，已極人間之歡，獨不念舊居乎？」三人入園，同至西軒而坐。美人忽涕淚俱下〔一七〕，而告生曰：「感君不棄，侍奉許時〔一八〕，未遂深歡，又當永别。」生曰：「何故？」對曰：「妾本幽陰之質，久踐陽明之世，甚非所宜。特以與君有夙世之緣，故冒犯條律以相從耳。今而緣盡，自當奉辭。」生驚問曰：「然則何時？」對曰：「正在今夕矣。」生悽惶不忍。美人曰：「妾非不欲終事君子，永奉蘋蘩〔一九〕。然而程命有限，不可違越。若更遲留，須當獲咎。非止有損於妾，亦將不利於君。豈不見越娘之事乎？」生意稍悟。然亦悲怨凄惻〔二〇〕，徹曉不眠。及山寺鐘鳴，水村鷄唱，急起與生撫抱〔二一〕爲别，以所御玉指環繫生之衣帶，曰：「異日見此，毋忘舊情。」遂分袂而去，然猶頻頻回顧，良久始滅。生慟而返。

翌日具殽醴，焚紙錢〔二二〕于墓下，作文以吊祭之曰：

惟靈生而淑美，出類超群。稟奇姿於仙聖，鍾秀氣於乾坤。粲然如花之麗，粹然如玉之温。達則天上之金屋，窮則路左之荒墳。托松柏〔二三〕而共處，對孤兔之群奔。落花流水，斷雨殘雲。中原多事，故國無君。撫光陰之過隙，視日月之奔輪。然而三靈不泯，一性長存〔二四〕。不必仗少翁之奇術，自能返倩女之芳魂。玉匣驂鸞之扇，金泥撲蝶之裙。聲泠泠兮瑶〔二五〕珮，香藹藹兮蘭蓀。方欲同歡而共老，奈何既合而復分！步洛妃凌波之襪，赴王母瑶池之樽。即之而無所覩，扣之而不復聞。悵後會之莫續，傷前事之誰論。鎖楊柳春風之院，閉梨花夜雨之門。恩情斷兮天漠漠，哀怨結兮雲昏昏。音容杳而莫接，心緒亂而紛紜。謹含哀而奉吊，庶有感於斯文。嗚呼哀哉！尚饗！

從此遂絶矣。生獨居旅邸，如喪配耦。試期既迫，亦無心入院，惆悵而歸。親黨問其故，始具言之，衆共歎異。生後終身不娶，入雁蕩山採藥，遂不復還〔二六〕。

〔一〕本篇收入《艷異編》卷三九、《萬錦情林》卷五、何大倫編《燕居筆記》卷五下層、余公仁編《燕居筆記》卷七；《緑窗女史》卷八，題《聚景園記》（文字從清江堂本）；《情史》卷二十，題《衛芳華》；《一見賞心編》卷十，題《衛芳華傳》；《太平通載》卷六十七，題《滕穆》（删《木蘭花慢》一詞和祭文）。

〔二〕推重　句解本、清江堂本作「推許」。

〔三〕清虚閣　黄正位本、虞淳熙序本、《太平通載》、《一見賞心編》、何本和余本《燕居筆記》同，句解本、清江堂本、《艷異編》、《情史》作「清輝閣」。

〔四〕已六十年矣　句解本、清江堂本、《一見賞心編》、《緑窗女史》、《情史》作「已久」。

〔五〕故　句解本、清江堂本、《一見賞心編》下有「宋」字。

〔六〕以　句解本、清江堂本作「携紫」。

〔七〕聞於空際　句解本、清江堂本、《一見賞心編》作「非世所有」。

〔八〕言詞　句解本、清江堂本作「詞旨」。

〔九〕砌　句解本、清江堂本作「地」。

〔一〇〕星沉北嶺　句解本、清江堂本、《情史》、《一見賞心編》作「河傾東嶺」。

〔一一〕息于　句解本、清江堂本作「假寢」。

〔一二〕明日　句解本、清江堂本作「至晝」。

〔一三〕當丁巳歲之中秋　「中秋」，黄正位本、《太平通載》同，句解本、清江堂本、《艷異編》、《緑窗女史》、《情史》本作「初秋」。

〔一四〕今而君往願得一歸以訪翹翹也　句解本、清江堂本作「今願得偕行，以顧視翹翹也」。虞淳熙序本删作「又當鄉試」。《一見賞心編》删此句。

〔一五〕東城月上南浦荷香　句解本、清江堂本、《一見賞心編》、《緑窗女史》、《艷異編》、《情史》作「月上東垣，蓮開南浦」。

〔一六〕三　句解本同，清江堂本作「數」。

〔一七〕涕淚俱下　句解本、清江堂本作「垂淚」。

〔一八〕許時　句解本、清江堂本作「房帷」。

〔一九〕蘋蘩　句解本、清江堂本作「歡娱」。

〔二〇〕悲怨凄惻　句解本、清江堂本作「悲傷感愴」。

〔二一〕撫抱　句解本、清江堂本無此二字。

〔二二〕紙錢　句解本、清江堂本、《一見賞心編》作「楮鏹」。

〔二三〕柏　句解本、清江堂本作「楸」。

〔二四〕三靈不泯一性長存　句解本、清江堂本作「神靈不泯，性識長存」，《一見賞心編》作「精靈不泯，性識長存」。

〔二五〕瑶　句解本、清江堂本作「環」。

〔二六〕還　清江堂本下有「不知所終」四字。

牡丹燈記〔一〕

方氏之據浙東也，每歲元夕，於明州張燈五夜，傾城士女皆得縱觀。至正庚子之歲，有喬生者，居鎮明嶺下。初喪其耦，又無父母〔二〕，鰥居無聊，不復出遊，但倚門佇立而已。十五夜三更盡，行人〔三〕漸稀。見一丫鬟手執〔四〕雙頭牡丹燈前導，一美女在其後〔五〕，約年十七八，紅裙緑衫〔六〕，婷婷嫋嫋〔七〕，迤邐投西而去。喬生於月下視之，顔貌無比〔八〕，神魂飛〔九〕蕩，不能自制〔一〇〕。乃尾之而去，或先之，或後之。行數十步，女忽回顧而微笑曰〔一一〕：「初無桑中之期，乃有月下之遇，似非偶然也。」生即趨前揖之曰：「弊居咫尺，佳人可能回顧否？」女初無難意，即呼丫鬟曰：「金蓮，可挑燈同往也。」於是金蓮復回。生與女攜手至家，極其歡樂〔一二〕。自以爲巫山、洛浦之遇，不是過也。生問女姓名居地。女曰：「妾姓符，麗卿其字，淑芳其名。故奉化〔一三〕州判之女也。先人既殁，家事零替，既無伯叔，終鮮兄弟〔一四〕，止妾一身，遂與金蓮僑居湖西爾。」生留之宿。態度温和〔一五〕，詞氣婉娩〔一六〕，低幃暱枕，甚極歡愛。天明泣〔一七〕別而去，及暮則又至，如是者將及半月。

鄰翁疑焉，穴壁而窺之，則見生與一粉妝髑髏對坐於燈下，大驚〔一八〕。明旦詰之，諱不肯言。鄰翁曰：「嘻，子禍矣！人乃至盛之純陽，鬼乃幽陰之邪穢。今子與幽陰之魅同處而不知，邪穢之物共宿而不悟。一旦真元耗盡，灾禍〔一九〕來臨，惜子〔二〇〕以青春之年，而遽爲黄壤之客也，可不悲夫！」生始驚懼，備言其詳〔二一〕。鄰翁曰：「彼言僑居湖西，當往訪問〔二二〕，有無〔二三〕則可知矣。」生如其教，逕投月湖之西，往來於高橋之下、長堤之上〔二四〕。訪於居人，言並無；問於過客，言未有〔二五〕。日將夕矣，乃入湖心寺少憩焉。行遍東廊，復過〔二六〕西廊，廊盡得一暗室，見有旅櫬〔二七〕，白紙題其上曰「故奉化符州判女麗卿之柩」，柩前懸一雙頭牡丹燈，燈下立一冥〔二八〕器婢子，背上有二字曰「金蓮」。生大駭，毛髮盡竪，寒粟滿身〔二九〕。急〔三〇〕出寺，不敢回顧。是夜借宿鄰翁之家，憂懼之色可掬。鄰翁曰：「玄妙觀魏法師，故開府王真人弟子也，符籙爲當今第一，汝宜急往求焉。」明旦，生往〔三一〕觀内。法師望見其至，驚曰：「妖氣甚濃，何爲來此？」生拜于牀〔三二〕下，具述其由〔三三〕。法師以硃符二道付之，令其置一於門，一懸於室〔三四〕，仍戒生不得再遊湖心寺。生受教〔三五〕而歸，如言〔三六〕安頓，是後果不來矣。

一月有餘，生往袞繡橋訪友，留飲而醉，都忘法師之戒，竟取湖心寺路回家〔三七〕。將至寺門，忽見金蓮迎拜於前曰：「娘子久待，何一向無情如是。」忘其所以〔三八〕，與之入西廊，直至室中。女數之〔三九〕曰：「妾與君素非相識，偶於燈下一見，感君之意，遂以全體事之〔四〇〕。暮往朝來，於君甚不薄，奈何因〔四一〕妖道士之言，遽生疑惑，遂欲永絕。薄倖如是，妾恨君深矣。今幸得遇，豈能相捨？」即握手入至柩前，柩忽自開，擁之同入，隨即閉矣，生遂死於柩中。鄰翁怪其不歸，遠近詢問。及至寺中停柩之室，則見生之衣裾微露於柩外。急請寺僧而發之〔四二〕，死已久矣，與女之尸俯仰臥于內，女貌如生焉。寺僧歎曰：「此奉化州判符君之女也。死時年十七，權寄〔四三〕於此，舉家北遷〔四四〕，竟絕音耗，至今十有二年矣。不意作怪如此。」遂舉生之尸及女之柩〔四五〕，同葬〔四六〕於西門之外。是後陰雲之晝，月黑之宵，往往有人〔四七〕見生與女攜手同行，一丫鬟挑雙頭牡丹燈前導。遇之者輒得重疾〔四八〕，薦以功德，祭以牲醴，庶得少安〔四九〕，否則不起矣。

居人大懼，竟往玄妙觀謁魏法師而訴焉。法師曰：「吾之符籙，止能治其未然。今祟成矣，非吾之所知也。聞有鐵冠道人者，居四明山頂，考校鬼神，法術靈驗，汝輩可往求之。」衆遂至山，攀緣藤葛，驀越溪澗，直至絶頂，果有草庵一所。道人憑几而坐，方看童子調鶴。衆羅拜於庵下，告以來故。道人曰：「山林隱士，旦暮且死，烏有奇術？君輩過聽矣。」拒之甚嚴。衆曰：「某本不知，蓋玄妙觀魏法師所指教爾。」始微哂〔五〇〕曰：「老夫〔五一〕不下山，已六十年。小子饒舌，令我不得辭避〔五二〕。」即與童子下山〔五三〕。逕至西門外，結方丈之壇，居中而坐〔五四〕，書符焚之。忽見將〔五五〕吏數輩，出而請命〔五六〕。黄巾錦襖，金甲雕戈，皆丈餘，屹立壇下，其貌甚恭〔五七〕。道人曰：「此間有邪祟爲禍，驚動居民〔五八〕，汝輩豈不知也？疾驅之至！」受命而往，須臾〔五九〕以枷鎖押生與女〔六〇〕併金蓮俱到，鞭箠揮擊，流血淋漓。道人呵責，令其供罪〔六一〕。將吏以紙筆授之，三人遂各供數百言。今不盡載，述其略於此〔六二〕。

喬生供曰：「伏念某喪室寡居，倚門獨立，犯在色之戒，動多慾之求。不能效孫生之見兩頭蛇而決斷，乃致如鄭子之遇九尾狐而愛憐。事既莫追，悔將奚及？」

符女供曰：「伏念某青年棄世，白晝無鄰，六魄雖離，一靈未泯。燈前月下，逢五百年歡喜冤家；世上民間，作千萬人風流話本。迷不知返，罪安可逃？」

金蓮供曰：「念某殺青爲骨，染素成胎。墳壠埋藏，是誰作俑而用；面目機發，比人具體而微。既有名字之呼，可無靈識〔六三〕之異？因而得計，豈敢爲妖？」

供畢，將吏取呈。道人以巨筆判曰：「蓋聞大禹鑄鼎，而神姦鬼秘莫得逃其形；温嶠燃犀，而水府龍宫俱得現其狀。惟幽冥之畏路〔六四〕，乃詭怪之多端，遇之者不利於人，遭之者有害於物。故大厲入門而晋景没，妖豕啼野而齊襄殂。降禍爲灾，興妖作孽〔六五〕。是以九天設斬邪之使〔六六〕，十地列罰惡之司。使魑魅魍魎，無以容其奸；夜叉羅刹，不得肆其虐〔六七〕。矧此清平之世，綱紀之朝〔六八〕，而乃變幻形軀，依附草木。天陰雨濕之夜，月落參横之辰，嘯於梁而有聲，窺其室而無覩。蠅營狗苟，羊狠狼貪。疾如飄風，烈如猛犬〔六九〕。喬家子生猶不悟，死何惜〔七〇〕焉；符氏女死尚貪淫，生可知矣！况金蓮之怪誕，乃冥器之妖精〔七一〕，惑世欺人，違條犯法。狐綏綏而有蕩，鶉奔奔而無良。惡已難容，罪不可赦〔七二〕。陷人坑從今填滿，迷魂陣自此打開。燒毁雙明之燈，送入〔七三〕九幽之獄〔七四〕。判詞已具，主者奉行，急急如律令！」

即見三人〔七五〕悲啼宛轉〔七六〕，爲將吏驅迫而去。道人拂袖入山。明日衆往謝之，不可復見，止有草庵存焉。急往玄妙觀訪魏法師而問之，則病瘖不能言矣。

〔一〕本篇收入《稗家粹編》卷六、何大掄編《燕居筆記》卷五下層、《古本艷異編》卷十二（妄題作者爲元陳愔），俱題《牡丹燈記》；《艷異編》卷四十、《香艷叢書》八集，題《雙頭牡丹燈記》；《情史》卷二十題《符麗卿》，《緑窗女史》卷七（妄題作者爲元陳愔）；《太平通載》卷七，題《鐵冠道人》。《國色天香》卷六上《山房日録》收録喬生、麗卿、金蓮供詞和道人判詞及結尾。熊龍峰刊小説《孔淑芳雙魚扇墜傳》對本篇因襲甚多。從「競往玄妙觀謁魏法師而訴焉」到結尾，《稗家粹編》略作「後請四明山鐵冠道人治之而滅焉」，未審其故。

〔二〕又無父母　句解本、清江堂本、《艷異編》無此四字。

〔三〕行人　句解本、清江堂本作「遊人」。

〔四〕手執　句解本、清江堂本作「挑」。

〔五〕美女在其後　句解本、清江堂本作「美人隨後」。

〔六〕緑衫　句解本、清江堂本作「翠袖」。

〔七〕婷婷嫋嫋　《艷異編》、《古本艷異編》作「妍妍媚媚」。

〔八〕顔貌無比　句解本、清江堂本作「韶顔稚齒，真國色也」。

〔九〕飛　句解本、清江堂本作「飄」。

〔一〇〕制　句解本、清江堂本作「抑」。

〔一一〕微笑　句解本、清江堂本作「哂」。

〔一二〕樂　句解本、清江堂本作「昵」。

〔一三〕奉化　《艷異編》訛作「秦化」。

〔一四〕既無伯叔終鮮兄弟　句解本、清江堂本、《情史》、《艷異編》、《古本艷異編》作「既無弟兄，仍鮮族黨」。底本源出李密《陳情表》「既無叔伯，終鮮兄弟」。

〔一五〕温和　句解本、清江堂本作「妖妍」，《艷異編》、《古本艷異編》作「精妍」。

〔一六〕娩　句解本、清江堂本、《艷異編》作「媚」。

〔一七〕泣　句解本、清江堂本作「辭」。

〔一八〕驚　句解本、清江堂本作「駭」。

〔一九〕禍　句解本、清江堂本作「眚」。

〔二〇〕子　句解本、清江堂本作「乎」。

〔二一〕備言其詳　句解本、清江堂本「述厥由」。

〔二二〕訪問　清江堂本同，句解本作「物色」。

〔二三〕有無　句解本、清江堂本無此二字。

〔二四〕高橋之下長堤之上　句解本、清江堂本、《艷異編》乙作「長堤之上、高橋之下」，《稗家粹編》作「高橋之下、道路之上」。但何本《燕居筆記》「高橋」誤作「高樓」。

〔二五〕訪於居人言並無問於過客言未有　句解本、清江堂本、《艷異編》作「訪於居人，問於過客，並言無有」。「言未有」，何本《燕居筆記》作「言並無」，《稗家粹編》作「言之未聞」。

〔二六〕過　句解本、清江堂本作「轉」，《稗家粹編》作「返」。

〔二七〕見有旅櫬　《稗家粹編》作「見靈柩」。

〔二八〕冥　句解本、清江堂本作「盟」。
〔二九〕滿身　句解本、清江堂本作「遍體」。
〔三〇〕急　句解本、清江堂本作「奔走」。
〔三一〕往　句解本、清江堂本作「詣」。
〔三二〕牀　句解本、清江堂本作「座」。
〔三三〕由　句解本、清江堂本作「事」。
〔三四〕室　句解本、清江堂本作「榻」。
〔三五〕教　句解本、清江堂本作「符」。
〔三六〕言　句解本、清江堂本作「法」。
〔三七〕回家　句解本、清江堂本作「以回」。
〔三八〕忘其所以　句解本、清江堂本無此四字。
〔三九〕數之　句解本、清江堂本作「子宛然在坐，歎之」。
〔四〇〕事之　《稗家粹編》作「付之」，句解本、清江堂本作「事君」。
〔四一〕因　句解本、清江堂本作「信」。
〔四二〕急請寺僧而發之　清江堂本作「急請於寺中，問之於僧」。
〔四三〕寄　句解本、清江堂本作「厝」。

〔四四〕北遷　句解本、清江堂本作「赴北」。

〔四五〕生之尸及女之柩　句解本、清江堂本作「尸柩及生」。

〔四六〕葬　句解本、清江堂本作「殯」。

〔四七〕有人　句解本、清江堂本無此二字。

〔四八〕疾　句解本、清江堂本下有「寒熱交作」四字。

〔四九〕得少安　句解本、清江堂本作「可獲痊」，《稗家粹編》作「免焉」。

〔五〇〕微哂　句解本、清江堂本作「釋然」。

〔五一〕老夫　句解本同，清江堂本作「吾老矣」。

〔五二〕令我不得辭避　句解本、清江堂本作「煩吾一行」。

〔五三〕山　句解本、清江堂本下有「步履輕捷」四字。

〔五四〕居中而坐　句解本、清江堂本作「踞席端坐」。

〔五五〕將　句解本、清江堂本作「符」。

〔五六〕出而請命　句解本、清江堂本無此四字，但下文「貌甚虔肅」前有「鞠躬請命」四字。

〔五七〕恭　句解本、清江堂本作「虔肅」。

〔五八〕驚動居民　句解本、清江堂本作「驚擾生民」。

〔五九〕須臾　句解本、清江堂本作「不移時」。

〔六〇〕生與女　句解本作「女與生」。
〔六一〕罪　句解本、清江堂本作「狀」。
〔六二〕今不盡載述其略於此　句解本、清江堂本作「今録其略於此」。
〔六三〕靈識　句解本作「精靈」。
〔六四〕畏路　句解本、清江堂本作「異趣」。
〔六五〕降禍爲災興妖作孽　句解本、清江堂本作「降禍爲妖，興災作孽」。
〔六六〕使　清江堂本作「所」。
〔六七〕虐　句解本、清江堂本作「暴」。
〔六八〕綱紀之朝　句解本、清江堂本、《艷異編》、《古本艷異編》作「坦蕩之時」。
〔六九〕犬　虞淳熙本、句解本、清江堂本、《太平通載》等作「火」。
〔七〇〕惜　句解本、清江堂本作「恤」。
〔七一〕乃冥器之妖精　句解本、清江堂本作「假盟器以矯誣」。《艷異編》作「假盟器以成形」。
〔七二〕惡以難容罪不可赦　句解本、清江堂本、《艷異編》作「惡貫已盈，罪名不宥」。
〔七三〕送入　句解本、清江堂本作「押赴」。
〔七四〕獄　清江堂本下有「永無出期」四字，《艷異編》下有「沉淪陰翳，永無出期」八字。
〔七五〕人　句解本同，清江堂本、《緑窗女史》、《情史》作「鬼」。

〔七六〕宛轉 句解本、清江堂本作「躑躅」。

渭塘奇遇記〔一〕

至順中，有王生者，本仕族子，居于金陵。貌瑩寒玉，神凝秋水，姿狀甚美，衆以奇俊王家郎稱之。年二十，未娶。有田在松江，因往收租，回舟過渭塘。見一酒肆，青旗出於簷外。朱欄曲檻，縹緲如畫。衰柳枯槐〔二〕，黄葉交墜。芙蓉數十株，顔色或深或淺。紅葩緑水，高下相映。白鵝〔三〕一群，游泳其下〔四〕。生泊其舟岸側，登肆沽酒〔五〕。斫巨螯之蟹，膾細鱗之鱸。果則緑橘丹〔六〕橙，蓮塘之藕，松坡之栗，以花磁盞酌真珠紅酒而飲之。肆主亦富家，其女年十八，知音識字，態度不凡。見生在座，頻於幙下窺之，或出半面，或露全體，去而復來，終莫能捨。生亦留神注意，彼此目視者〔七〕久之。已而酒盡出肆，快快發舟，如有所失。

是夜遂夢至肆中，入門數重，直抵屋後，始至女室，乃一小軒也。軒之前有葡萄架，下鑿池，方圓盈丈，以石甃之〔八〕，養金鯽其中。池左右植垂絲檜二株，緑陰婆娑。靠墻結一翠柏屏，屏下設石假山一〔九〕峰，岌然競秀。草皆金絲線〔一〇〕、繡墩之屬，霜露不能凋〔一一〕。窗間掛一雕花籠，籠内畜一緑鸚鵡，見人能言。軒下垂小木鶴二，銜線香而焚之。案上立一古銅瓶，插孔雀尾數根〔一三〕，其傍則筆硯之類，皆極濟楚。架上横一碧玉簫，女所吹也。壁上貼金花箋四幅，題詩于上，詩體則效蘇東坡《四時詞》，字畫則似〔一三〕趙松雪，不知是何人之所作也〔一四〕。

第一幅云：

春風吹花落紅雪，楊柳陰濃啼百舌。
東家蝴蝶西家飛，前歲櫻桃今歲結。
鞦韆蹴罷鬢鬖髿，粉汗凝香沁緑紗。
侍女亦知心内事，銀瓶汲水煮新茶。

第二幅云：

芭蕉葉展青鸞尾，萱草花含金鳳嘴。
一雙乳燕出雕梁，數點新荷浮緑水。
困人天氣日長時，針綫慵拈午漏遲。
起向石榴陰下立，戲將梅子打鶯兒。

第三幅云：

鐵馬聲喧風力緊，雲窗夢破鴛鴦冷〔一五〕。

玉爐燒麝有餘香，羅扇撲螢無定影。
洞簫一曲是誰家？河漢西流月半斜。
要染纖纖紅指甲，金盆夜搗鳳仙花。

第四幅云：

山茶半開梅半吐，風動簾旌雪花舞。
金盤冒冷塑狻猊，繡幙圍春護鸚鵡。
倩人呵手〔一六〕畫雙眉，脂水凝寒上臉遲。
妝罷扶〔一七〕頭重照鏡，鳳釵斜亞〔一八〕瑞香枝。

女見生至，與之承〔一九〕迎。握手入室，極其歡謔，會宿於寢。已而遂覺〔二〇〕，乃困篷窗底爾。是後歸家，無夕而不夢焉。

一夕，見架上玉簫，索女吹之。女爲吹《落梅風》〔二一〕數闋，音調瀏亮，響徹雲際。一夕，女於燈下繡紅羅鞋，生剔燈花，誤落于上，拂之不去〔二二〕，遂成油暈。一夕，女將所帶紫金碧甸指環贈生，生解水晶雙魚扇墜酬之。既覺，指環果在手，急取扇墜視之，無矣。生大以爲奇，遂效元稹體，續賦《會真詩》三十韻〔二三〕。曰：

有美閨房秀，天人謫降來。

風流原有種，慧黠更多才。
碾玉成仙骨，調脂作艷胚。
腰肢風外柳，標格雪中梅。
合置千金屋，宜登七寶臺。
嬌姿應自許，妙質孰能陪？
小小乘油壁，真真醉綵灰。
輕塵生洛浦，遠道接天台。
放燕簾高捲，迎人户半開。
菖蒲難見面，荳蔻易含胎。
不待金屏射，何勞玉手〔二四〕栽？
偷香渾似賈，待月又如崔。
簫〔二五〕許秦宫奪，琴從卓氏猜。
鶯〔二六〕聲傳縹緲，燭影照徘徊。
窗薄涵魚魫，爐高噴麝煤〔二七〕。
眉横青岫遠，鬢嚲緑雲堆。

釵玉輕輕製，衫羅窄窄裁。
文鴛遊浩蕩，瑞鳳舞毰毸。
恨積鮫綃帕，歡傳琥珀杯。
孤眠憐月姊，多忌笑河魁。
化蝶能通夢，遊蜂浪作媒。
雕欄行共倚，繡褥坐相猥。
啖蔗逢佳境，留環獲異財。
緑陰鶯並宿，紫氣劍雙埋。
良夜難虛度，芳心未肯摧。
殘妝猶在臂，别淚已凝腮。
漏點何須促，鐘聲且莫催。
峽中行雨過，陌上看花回。
才子能知爾，愚夫可語哉！
多生曾種福，親得到蓬萊〔二八〕。

明年再往收租，復過其處。則肆翁大〔二九〕喜，延之入室。生僞爲〔三〇〕不解意者，逡巡不敢進〔三一〕。翁乃告〔三二〕曰：「某有〔三三〕一女，未曾適人。去歲君子於此飲酒，偶有所見，不能定情，因遂成疾。長眠獨話，如醉如癡〔三四〕。日昨忽言〔三五〕：『明日郎君至矣，宜往候之。』初以爲狂言，不之信〔三六〕，今日君子果涉吾地，是天假其靈而賜之便也。」因問生婚娶未，生對「未娶」〔三七〕，又問生門閥世族，甚喜。即引生入室〔三八〕。至女所居軒下，門窗户檻〔三九〕，則皆夢中所歷也。草木池沼、器用什物，又皆夢中所見也。女聞生至，盛妝而出，衣服之華〔四〇〕，簪珥之飾〔四一〕，又皆夢中所識〔四二〕也。女言：「去歲自君去後，思念至切，每夜夢中與君相會，不知何故。」生曰：「我夢亦如之。」女遂述〔四三〕吹簫之曲，繡〔四四〕鞋之事，無不吻合者。又出水晶雙魚扇墜以示生，生亦舉紫金碧甸指環〔四五〕以問之。彼此大驚，以爲神契。遂與生爲夫婦，于飛而還，終以偕老，可謂奇遇矣！

〔一〕本篇收入《稗家粹編》卷三，題《王生渭塘奇遇記》；《艷異編》卷二一，題《渭塘奇遇》；《情史》卷九，題《王生》；《繡谷春容》卷四，題《王生渭塘得奇遇》；《緑窗女史》卷六（妄題作者爲明人馬龍，文字從清江堂本）。雜劇《王生過渭塘記》演繹其事。

〔二〕衰柳枯槐　黄正位本、虞淳熙序本、《稗家粹編》、何本和余本《燕居筆記》同，句解本、清江堂本、《古本艷異編》、《一見賞心編》、《緑窗女史》作「高柳古槐」。

〔三〕鵜　黄正位本、句解本、清江堂本、何本和余本《燕居筆記》同，《稗家粹編》作「鷺」。

〔四〕白鷴一群游泳其下　虞淳熙序本删此八字。
〔五〕酒　句解本、清江堂本下有「而飲」二字，《一見賞心編》本下有「浩歌」二字。
〔六〕丹　句解本、清江堂本、《一見賞心編》本作「黄」。
〔七〕視者　句解本、清江堂本作「成」。
〔八〕以石甃之　清江堂本同，句解本作「甃以文石」。
〔九〕二　句解本、清江堂本、《一見賞心編》本作「三」。
〔一〇〕金絲線　《稗家粹編》同，句解本、清江堂本作「金線」。
〔一一〕凋　句解本、清江堂本作「變色」。
〔一二〕根　句解本、清江堂本、《一見賞心編》本作「莖」。
〔一三〕似　清江堂本作「是」，句解本作「師」。
〔一四〕此四時詞，《御選元詩》題作者爲元鄭奎妻詩，分别爲《春詞》、《夏詞》、《秋詞》、《冬詞》。
〔一五〕冷　《稗家粹編》作「枕」。
〔一六〕手　清江堂本、句解本、《稗家粹編》作「筆」。
〔一七〕扶　《一見賞心編》本作「梳」。
〔一八〕亞　清江堂本、《一見賞心編》本「壓」。
〔一九〕承　《稗家粹編》作「呼」。

〔二〇〕已而遂覺　《稗家粹編》同，清江堂本、句解本作「鷄鳴始覺」。
〔二一〕落梅風　黄正位本、虞淳熙本、《稗家粹編》、句解本、清江堂本同，上圖殘本作「風落梅」。
〔二二〕拂之不去　句解本、《一見賞心編》本無此四字。
〔二三〕韻　句解本、清江堂本、《一見賞心編》下有「以記其事」四字。
〔二四〕玉手　原作「玉子」，黄正位本、虞淳熙本、句解本同，據清江堂本、《稗家粹編》、《一見賞心編》、何本和余本《燕居筆記》改。
〔二五〕簫　句解本、清江堂本疑作「篳」，諸整理本作「篦」。
〔二六〕鶯　句解本、清江堂本作「簫」。
〔二七〕爐高噴麝媒　句解本、清江堂本、《一見賞心編》「高」作「深」；句解本、清江堂本、虞淳熙序本、《一見賞心編》「麝媒」作「麝煤」。按：二者通用，亦稱麝墨，含有麝香，後泛指名貴的香墨。
〔二八〕萊　句解本、清江堂本下有「好事者多傳誦之」七字。
〔二九〕大喜　句解本、清江堂本作「甚喜」。
〔三〇〕僞爲　句解本、清江堂本、《一見賞心編》無此二字。
〔三一〕不敢進　句解本、清江堂本、《一見賞心編》作「辭避，坐定」。
〔三二〕乃告　句解本、清江堂本作「以誠告之」。
〔三三〕某有　句解本、清江堂本作「老拙惟」。

〔三四〕癡　句解本、清江堂本、《一見賞心編》下有「餌藥無效」四字。
〔三五〕日昨忽言　句解本、清江堂本、《一見賞心編》作「昨夕忽語」。
〔三六〕初以爲狂言不之信　句解本、清江堂本、《一見賞心編》作「初以爲妄，固未之信」。
〔三七〕生對未娶　句解本、清江堂本、《一見賞心編》無此四字。
〔三八〕引生入室　句解本、《一見賞心編》作「握生手入於内室」。
〔三九〕檻　句解本、清江堂本、《一見賞心編》作「闥」。
〔四〇〕華　句解本、清江堂本、《一見賞心編》作「麗」。
〔四一〕飾　句解本、清江堂本作「富」，《一見賞心編》作「華」。
〔四二〕識　《稗家粹編》、何本和余本《燕居筆記》作「飾」。
〔四三〕遂述　句解本、清江堂本作「歷叙」。
〔四四〕繡　清江堂本同，句解本作「污」。
〔四五〕環　清江堂本、上圖殘本、《一見賞心編》、《古本艷異編》、《緑窗女史》下有「兩相表證」四字。

剪燈新話卷之三

山陽瞿佑宗吉　著

富貴發跡司志〔一〕

至正丙戌，秦川〔二〕士人何友仁，爲貧窶所迫，不能聊生。因謁城隍祠，過東廡，見一司〔三〕，題額〔四〕曰「富貴發跡司」。友仁禱於神像之前：「某生世四十有五，寒一裘，暑一葛，朝晡〔五〕飯一盂，初無過用妄爲之事。然而遑遑汲汲，常有不足之憂〔六〕。冬暖而愁寒，年豐而苦饑，出無所依〔七〕之投，處無蓄積之守。妻孥賤棄，鄉黨絕交。困迫艱難，無所告訴。側聞大王〔八〕主富貴之案，掌發跡之權，叩之如有聞焉，求之無不獲者。是以不避呵責，冒犯威嚴。屏息庭前，鞠躬户下。伏望告以儻來之事，喻以未至之機，指示迷途，提携晦跡，使枯魚蒙斗水之活，困鳥托一枝之安。敢不拜賜，知恩仰感洪造〔九〕！如或前事有定，後路無由，大數既已難移，薄命終於不遇，亦望明彰報應，使得預知。」禱畢，跧伏案幙之内。是夜，東西兩廡，左右諸曹，皆燈燭熒煌，人物駢雜。或施鞭朴而問勘，或遣吏卒而勾追，喧鬨叫呼，洋洋盈耳〔一〇〕。惟友仁所處之司，不見一人，亦無燈火。獨處暗中，時及半夜，忽聞呵喝〔一一〕之音，初遠漸近，將及廟門，諸司判官皆趨出迎。及入，見紅燭〔一二〕兩行，儀衛甚衆。府君朝衣端簡〔一三〕，登正殿而坐，判官輩參見既畢，皆回局治事。而發跡司判官〔一四〕自殿上而來，蓋適從府君朝天始回耳。坐定，有判官數人，皆幞頭角帶，服緋緑之衣，入户相見，各述所治之事。一人曰：「某縣某户，藏米二千斛〔一五〕，近因水旱〔一六〕相繼，米價倍增，鄰境闕〔一七〕糴，野有餓莩，而乃開倉以賑之，但取原價，不求厚利，又爲饘粥以濟饑民〔一八〕，蒙活者頗衆。昨縣神申於本司，本司〔一九〕呈於府君，聞已奏之天庭，延壽三紀，賜禄萬鍾矣。」一人曰：「某村某氏，奉姑甚孝，其夫在外，而姑得重痼，醫卜〔二〇〕無效，焚香〔二一〕祝天，願以身代，割股以進，因遂得愈。昨天符行下，云：某氏孝通天地，誠格鬼神，令生貴子二人，皆食君禄，光大〔二二〕其門，終爲命婦以報之。府君下於本司，今已著之福籍簿〔二三〕矣。」一人曰：「某姓某官，爵位已崇，俸禄亦厚，不思報國，惟務貪饕。受鈔三百錠，枉法斷公事；取銀五百兩，非理害良民。府君奏於上界，即欲加罪。緣本人福禄未艾〔二四〕，故遲至數年，使受滅族之禍。今早奉命，記於惡簿，惟候其時矣。」一人曰：「某鄉某甲，有田數十頃，而貪求不已，務爲兼并。鄰人之田與之接壤〔二五〕，欺其勢孤無援，賤價售之，又不還其直，令其憤怨〔二六〕而死。冥府移文勾攝，本司差人管押前去〔二七〕，聞已化身爲牛，托生鄰家，填〔二八〕其所負矣。」諸人言叙既畢，發跡司判官忽揚眉盱目，咄嗟長嘆而謂衆賓曰：「諸公各守其職，各行〔二九〕其事，褒善罰惡，可謂至矣。然而天地運行之數，生靈厄會之期，國統漸衰，大難將作，雖諸公之善理，其奈之何！」衆曰：「何謂也？」對曰：「吾適從府君上朝帝所，聞衆聖論將來之事。數年之後，兵戎大起，巨河之南，長江之北，合屠戮人民三十餘萬。當是時也，自非積善累仁、忠孝純至者，不克免焉。豈生靈寡祐，當其塗炭？抑運數已定，莫之可逃乎？」〔三〇〕衆皆嚬蹙相顧曰：「非所知也。」遂各散去。友仁始於案下匍匐而出，拜述厥由。判官熟視良久，命小吏取簿籍至，親自檢閲，謂友仁曰：「君後大有福禄，非久於貧賤者，從此以往，當日勝一日，脱晦向明矣。」友仁願示其詳。遂取朱筆〔三一〕書一十六字以授之，曰：「遇日則康，遇月則發，遇雲而衰，遇電而没。」友仁置之于懷，再拜辭出。行及廟門，天色漸曙〔三二〕，急探其〔三三〕中，則無有矣。歸而話於妻子以自慰。不數日，郡有大姓傅日英者，延之於家以誨子弟〔三四〕，月俸束脩五錠，家道〔三五〕稍康。凡居其門數載〔三六〕。已而高郵張士誠〔三七〕起兵，元朝命丞相脱脱〔三八〕討之。大帥〔三九〕達理月沙頗知書好士，友仁獻策於馬首，稱其意，薦于脱公。即署隨軍參謀，車馬僕從，一旦赫然。及脱公征還，友仁遂仕於朝，踐履〔四〇〕館閣，經歷省院〔四一〕，可謂貴矣。未幾，授文林郎内臺御史，同列有雲石不花者，與之不相投〔四二〕，搆於大官，黜爲雷州録事。友仁憶判官之言，「日」「月」「雲」三字皆已應矣。深自戒懼，不敢爲非。到任二年，有事申總管府，吏具牘以進。友仁自署銜曰：「文林郎雷州録事司〔四三〕録事何某。」揮筆之際，風吹紙起，於「雷」字之下，曳出一尾，宛然成一「黿」字。大惡之，亟命易去。是夜感疾，自知不起，處置家事，訣别妻子而終。因詳判官所述衆聖之語、將來之事，蓋至正辛卯之後，張氏起兵淮東，國朝創業淮西，攻圍争奪，戰陣〔四四〕相尋，沿淮諸郡，多被其禍，死於亂兵者，何止三十萬焉。以是知普天之下，率土之上〔四五〕，小而一身之榮瘁通塞，大而一國之興亡治亂，皆有定數，不可轉移，而妄庸者乃欲輒施智術於其間，徒自取困爾。

〔一〕本篇收入《稗家粹編》卷四，《太平通載》卷十九題《何友仁》。

〔二〕秦川　虞淳熙序本、《稗家粹編》同，《太平通載》、句解本、上圖殘本、清江堂本作「泰州」，黄正位本作「秦州」。「泰州」和「秦川」相近易混。

〔三〕司　句解本、清江堂本作「案」。

〔四〕額　句解本、清江堂本作「榜」。

〔五〕晡　句解本、清江堂本下有「粥」字。

〔六〕憂　黄正位本作「意」。

〔七〕所依　句解本、清江堂本作「知己」。

〔八〕大王　句解本、清江堂本作「神」。

〔九〕知恩仰感洪造　虞淳熙本、黄正位本同，句解本、清江堂本、《太平通載》作「深恩仰干洪造」。

〔一〇〕「或施鞭朴」至「洋洋盈耳」　黄正位本、虞淳熙本、《稗家粹編》、《太平通載》同，句解本、上圖殘本、清江堂本無此二十二字。

〔一一〕呵喝　句解本、清江堂本作「呵殿」。

〔一二〕紅燭　句解本、清江堂本作「紗籠」。

〔一三〕朝衣端簡　句解本、清江堂本「朝衣」作「朝服」。「朝衣端簡」與《太平廣記》卷一五八《定數》十三《李甲》相關：「須臾有呵殿之音，自遠而至。見旌旗閃閃，車馬闐闐，或擐甲胄者，或執矛戟者，或危冠大履者，或朝衣端簡者，揖讓升階，列坐於堂上者十數輩，方且命酒進食。」句解本作「朝服端簡」，應是與原文「朝衣端簡」的避換。

〔一四〕判官　句解本、清江堂本作「主者」。

〔一五〕斛　句解本、清江堂本作「石」。

〔一六〕水旱　句解本、清江堂本、虞淳熙序本作「旱蝗」。

〔一七〕闕　句解本、清江堂本作「閉」。

〔一八〕饑民　句解本、清江堂本作「貧乏」。

〔一九〕本司　句解本、清江堂本無此二字。

〔二〇〕醫卜　句解本、清江堂本作「醫巫」。

〔二一〕焚香　句解本、清江堂本前有「乃齋沐」三字。

〔二二〕光大　句解本、清江堂本作「光顯」。

〔二三〕簿　句解本、清江堂本無此字。

〔二四〕福禄未艾　句解本、清江堂本作「頗有頑福」。

〔二五〕鄰人之田與之接壤　句解本、清江堂本作「鄰田之接壤者」。

〔二六〕憤怨　句解本、清江堂本作「含忿」。

〔二七〕冥府移文勾攝本司差人管押前去　句解本、清江堂本作「冥府帖本司勾攝入獄」。

〔二八〕填　句解本、清江堂本作「償」。

〔二九〕行　句解本、清江堂本作「治」。

〔三〇〕句解本原有注：「此志中，衆聖論將來之事，專用《太平廣記》李甲大明山夢神語意也。」《太平廣記》卷一五八《李甲》云：大明之神忽揚目盱衡，咄嗟長歎而謂衆賓曰：「諸公鎮撫方隅，公理疆野，或水或陸，各有所長。然而天地運行之數，生靈厄會之期，巨盜將興，大難方作。雖群公之善理，其奈之何？」衆咸問：「言何謂也？」大明曰：「余昨上朝帝所，竊聞衆聖論將來之事。三十年間，兵戎大起。黄河之北，滄海之右，合屠害人民六十餘萬人。當是時也，若非積善累仁、忠孝純至者，莫能免焉。兼西北方有華胥、遮毗二國，待兹人衆，用實彼土焉。豈此生民寡祐，當其殺戮乎？」衆皆顰蹙相視曰：「非所知也。」食既畢，天亦將曙，諸客各登車而去。本處與《太平廣記》比對，文字極其接近，應爲所出。

〔三一〕筆　句解本、清江堂本下有「大」字。

〔三三〕漸曙　句解本、上圖殘本、清江堂本作「已曙」。按：陰陽交接，一般在天色未曙前成事，句解本、清江堂本改作「已曙」，似有避忌，但有違常例，造成疏誤。

〔三四〕其　句解本、清江堂本、虞淳熙序本作「懷」。

〔三五〕延之於家以誨子弟　句解本、清江堂本無「於家」二字，句解本、清江堂本「誨」作「訓」。

〔三六〕道　句解本、清江堂本作「遂」。

〔三七〕居其門數載　句解本、清江堂本作「居其館數歲」。

〔三八〕張士誠　句解本、清江堂本作「張氏」。

〔三九〕脱脱　句解本、清江堂本下有「統兵」二字。

〔四〇〕大帥　黄正位本、虞淳熙本、上圖殘本、《太平通載》、《稗家粹編》作「太師」，據句解本、清江堂本改。按：太師是正一品，大帥則是舊時對高級統兵官的尊稱。元丞相脱脱統兵討伐張士誠起兵事，見《元史》本傳。脱脱曾封太師，但没有等到征張士誠之役結束即被罷。句解本將達理月沙職務安排爲大帥，較吻合「友仁獻策於馬首」和向上「薦于脱公」的用人過程。

〔四一〕踐履　句解本、清江堂本作「踐歷」。

〔四二〕經歷省院　句解本、清江堂本作「翱翔省部」。

〔四三〕投　句解本、清江堂本作「能」。

〔四四〕文林郎雷州録事司　句解本、清江堂本作「雷州」。

〔四四〕戰陣　句解本、清江堂本作「干戈」。

〔四五〕上　句解本、清江堂本作「濱」。

永州野廟記〔一〕

永州之野，有神廟，背山臨水〔二〕。川澤陰〔三〕險，黃茅綠草〔四〕，一望無際。大木參天而蔽日者，不知其數。風雨往往生於其上，人皆畏而事之，過者必以牲牢獻于殿下，始克往來〔五〕。如或不然，則風雨暴至，雲霧晝暝〔六〕，咫尺不辨，隨失其人〔七〕。如是者有年矣。大德間，書生畢應祥有事之衡州，道由廟下。囊橐貧匱，不能設奠，但致敬而行。未及數里，大風振作，吹砂走石，玄雲黑霧，自後擁至。回顧，見甲兵甚衆，追者可千乘萬騎，自分必死。平日能誦《玉樞經》，事勢既迫，且行且誦，不絕於口。須臾則雲收風止，天地開闢〔八〕。所追兵騎，不復有矣。僅而獲全，得達衡州，過祝融峰，謁南嶽祠。偶憶前事，具狀焚訴。是夜，夢馹卒來邀〔九〕，與之俱行，至一〔一〇〕宮殿，侍衛羅列，司〔一一〕局分佈。馹卒引立大庭下，見〔一二〕殿上掛玉珊簾，簾內設黃羅帳，燈燭熒煌，恍若白晝。嚴邃整肅，寂而不譁。應祥莫敢仰視〔一三〕，屏息候命。俄有一吏朱衣角帶，自內而出，傳呼曰：「得旨問與何人有訟？」伏而對曰：「身爲寒儒，性又愚拙。不知名利之可求，豈有田宅之足競？布衣蔬食，守分而已。且又未嘗一入公門，無以仰答威問。」吏曰：「日間投狀，理會何事？」應祥始憶其故〔一四〕，稽首而白曰：「實以貧故，出境投人。道由永州，過神祠下。行囊空竭，不能以牲醴祭饗，觸神之怒。風雨暴起，甲兵追逐。狼狽顛躓，幾爲所及。驚怖不已〔一五〕，無處申訴。以致搪突聖靈，誠非獲已。」吏入，少頃復出，言曰：「得旨追對。」即見吏士數人，騰空而去。未幾〔一六〕，押一白鬚老人，烏帽〔一七〕道服，跪於階下。吏宣旨責〔一八〕之曰：「爾爲一方神祇，衆所敬奉，奈何輒以威禍恐人，求其祭享。迫此儒士，使幾陷死地。貪婪若此，何所逃刑？」老人拜而告曰：「某實永州野廟之神也。然而廟爲妖蛇〔一九〕所據，已有年矣，力不能制，廢職已久。向者驅駕風雨，邀求奠酹，皆此物所爲，非某之罪。」吏復責之曰：「事既如此，何不早陳？」對曰：「此物在世已及千年〔二〇〕，興妖作孽，無與爲比。社鬼祠靈，承其約束；神蛟毒虺，受其指揮。每欲奔訴，及至中途〔二一〕，多方攔截，終不能焉〔二二〕。今者非神使來追，亦惡〔二三〕得而到此也！」即聞殿上宣旨，令吏士追勘。老人拜懇曰：「妖孽已成，輔之者衆，吏士雖往，終恐無益，自非神兵勦捕，不可得也。」殿上如其言，命一神將統兵五千而往。久之始回〔二四〕。見數十鬼卒，以大木舁一蛇〔二五〕首而至，乃一朱冠白蛇也。置于庭，若五石缸焉。吏顧應祥令還，欠伸而覺，汗流被體〔二六〕。及事畢回途，再經其處，則殿宇神像無存〔二七〕。問於村甿，則曰：「某夜三更後，雲霧晦冥，風雨大作〔二八〕，殺伐之聲，震動遠近〔二九〕。明晨往視之，則神廟蕩爲灰燼〔三〇〕，片瓦不遺矣〔三一〕。一巨〔三二〕蛇長數十餘丈，死於林木之下，而無其首〔三三〕。其餘小蛇死者無數〔三四〕。」考其日，正感夢時也。應祥歸家，白晝閒坐，忽見二鬼使逕前曰：「地府屈君對事。」即挽其臂而往。及至，見王坐于大廳，廳下〔三五〕以鐵籠罩一白衣絳幘丈夫，其形甚偉。自陳在世無罪，爲書生畢應祥枉告於南嶽，以致神兵下伐，舉族誅夷，巢穴一空〔三六〕，含冤〔三七〕實甚。應祥聞言，知爲妖蛇挾仇捏訴〔三八〕，乃具述其害人禍物、興妖作孽之事，對辯於鐵籠之下，往返甚苦，終不肯服。王者命吏移關南嶽衡山府及下〔三九〕永州城隍司，照勘〔四〇〕其事。已而衡山府回關城隍司牒申〔四一〕，與應祥所言略同，方始詞塞。王者大怒，叱之曰：「生既爲妖，死猶妄訴〔四二〕，押赴酆都，永不出世！」即有鬼卒數人疾驅之去〔四三〕。王謂應祥曰：「訴文得實〔四四〕，勞君一行，無以相報。」命吏取畢姓簿籍來，檢應祥名姓，於下〔四五〕批八字：「除妖去害，延壽一紀。」應祥〔四六〕拜謝而返。及門而寤，乃曲肱几上爾。

〔一〕本篇收入《稗家粹編》卷三。

〔二〕水　句解本、清江堂本作「流」。

〔三〕陰　句解本、清江堂本作「深」。

〔四〕草　《稗家粹編》作「蔓」。

〔五〕往來　句解本、清江堂本作「前往」。
〔六〕晝暝　句解本、清江堂本作「晦冥」。
〔七〕隨失其人　句解本、清江堂本作「人物行李隨皆失之」。
〔八〕開闢　句解本、清江堂本作「開朗」。
〔九〕邀　句解本、清江堂本作「追」。
〔一〇〕一　句解本、清江堂本作「大」。
〔一一〕司　句解本、清江堂本作「曹」。
〔一二〕見　句解本、清江堂本作「望」。
〔一三〕莫敢仰視　句解本、清江堂本無此四字。
〔一四〕憶其故　句解本、清江堂本作「悟」。
〔一五〕不已　句解本、清江堂本作「急迫」。
〔一六〕未幾　句解本、清江堂本作「俄頃」。
〔一七〕帽　句解本、清江堂本「巾」。
〔一八〕責　句解本、清江堂本作「詰」。
〔一九〕蛇　句解本、清江堂本作「蟒」。
〔二〇〕及千年　句解本、清江堂本作「久」。

〔二二〕及至中途　句解本、清江堂本無此四字。

〔二三〕焉　句解本、清江堂本作「達」。

〔二三〕惡　句解本、清江堂本作「焉」。

〔二四〕始回　句解本、清江堂本無此二字。

〔二五〕一蛇　句解本、清江堂本作「其」。

〔二六〕被體　句解本、清江堂本作「浹背」。

〔二七〕神像無存　句解本、清江堂本作「偶像蕩然無遺」。

〔二八〕雲霧晦冥風雨大作　句解本、清江堂本作「雷霆風火大作」。

〔二九〕震動遠近　句解本、清江堂本作「驚駭叵測」。

〔三〇〕蕩爲灰燼　句解本、清江堂本作「已爲煨燼」。

〔三一〕片瓦不遺矣　句解本、清江堂本無此五字。

〔三二〕巨　句解本、清江堂本下有「白」字。

〔三三〕無其首　句解本作「喪其元」，清江堂本作「喪其首」。

〔三四〕其餘小蛇死者無數　句解本、清江堂本作「其餘蚺虺螣蝮之屬無數，腥穢之氣，至今未息」。

〔三五〕廳下　句解本、清江堂本無此二字。

〔三六〕一空　句解本、清江堂本作「傾蕩」。

〔三七〕含冤　句解本、清江堂本作「冤苦」。
〔三八〕挾仇揑訴　據《稗家粹編》、清江堂本補。
〔三九〕下　句解本、清江堂本作「帖」。
〔四〇〕照勘　句解本、清江堂本作「徵驗」。
〔四一〕衡山府回闗城隍司牒申　句解本、清江堂本作「衡山府及永州城隍司回文」。
〔四二〕訴　清江堂本下有「將白衣妖孼」五字。
〔四三〕去　清江堂本下有「受其果報」四字。
〔四四〕訴文得實　據清江堂本補。
〔四五〕檢應祥名姓於下　句解本、清江堂本作「於應祥姓名下」。
〔四六〕應祥　清江堂本下有「俯伏在堦」四字。

申陽洞記

隴西李生，名德逢，年二十五，善騎射〔一〕，以膽勇稱。然而不事生産，爲鄉黨賤棄。天曆間，父友有任桂州監郡者，因往投焉。至則其人已没，流落不能歸。郡多名山，生日以獵射爲事，馳騁出没〔二〕，未嘗休息，自以爲得所樂焉。有大姓錢翁者，以貲産雄於郡。止有一女，年及十七，愛之甚至〔三〕，未嘗令其窺門。雖親戚姻黨〔四〕，亦罕見之。一夕，風雨晦冥，失女所在。門窗户闥，扃鐍如故，莫知所從往。聞于官，禱于神，訪于四鄰〔五〕，並無蹤跡。翁念女至甚，設誓曰：「有能知女所在者，願以家財一半給之，並以女妻焉。」雖尋求之意甚切，而荏苒將及半載，竟絶影響。

生一日〔六〕出城射獵，遇一麞，逐之不捨。遂越數峰〔七〕，深入窮谷，終莫能及。日已曛黑，又迷來路，彷徨於斷壟迴岡〔八〕之側，莫知所適。已而烟昏雲暝，虎嘯猿啼，遠近晦然，若一更之候。遥望山頂，見一古廟，委身投之。行一里許〔九〕纔至，塵埃堆積，墻壁傾頹，獸蹄鳥跡，交雜於中。生雖甚怖，然無可柰何，少憩廡下，將以待旦。未及瞑目，忽聞傳導之聲自遠而至。生念深山静夜，安得有此。疑其爲鬼神，又恐爲劫寇。乃攀緣欄楯，伏于梁間，以窺其所爲。須臾及門，有二紅紗燈籠前導，爲首者頂三山冠，裹紅抹額〔一〇〕，披淡黄袍，束碧〔一一〕玉帶，逕據神案而中坐。復有十餘輩，各執器具，羅列階下。威儀雖甚整肅，而狀貌則皆猳玃之類也。生知其爲妖魅，遂取腰間箭，持滿一發，正中坐者之臂，失聲而走。群黨一時潰散，莫知所之。久之寂然，乃假寐以待旦。時見神案邊鮮血點點，從大門而出，淋瀝〔一二〕不絶。循山而南，將及五里，得一大穴，血蹤由此而入。生往來穴口，顧盼之際，草根柔滑，不覺失足而墜，乃萬仞之深坑也。仰視不見天日，自分必死。傍邊微覺有路。尋路而行，轉入幽邃，咫尺不辨。行及百步，豁然明朗，見一石室，榜曰「申陽之洞」。守洞者數人，皆紅帕抹額〔一三〕，一如昨夕廟中覩者。見生，驚曰：「子爲何人，而遽至此？」生磬折〔一四〕而答曰：「下界凡氓，罪該萬死。神官見問，謹以實對〔一五〕。久居城市，以醫爲業。因乏藥材，入山採拾，貪多務得，進不知止。不覺失足，誤墜於斯。觸冒尊靈，乞垂寬宥。」因俯伏在地。守門者聞言，似有喜氣，即呼之起曰：「君既業醫，能爲人治療乎？」生曰：「此予分内事也。」守門者大喜，遽以手加額，仰天而祝〔一六〕曰：「天也！」生問其故。曰：「吾君申陽侯，昨因出遊，誤爲流矢所中，卧病在牀。而君惠然來斯，是天以神醫見貺也。」乃邀生坐於門下，踉蹌趨入，以告於内。頃之出而傳主之命曰：「僕不善攝生，自貽伊戚，禍及股肱，毒流骨髓，厄運莫逃，殘生殆盡。今而幸逢神醫，獲賜仙劑，是受病者有再生之樂，而治病者有全生之功也，敢不忍死以待！」生遂攝衣而入，度重門，入曲房，帷幄衾褥，極其華麗。見一老獼猴，偃坐石榻之上，呻吟之聲徹於遠近。美女三人侍側，皆絶色〔一七〕也。生診其脉，撫其瘡，詭曰：「無傷也。予有仙藥，非徒治病，兼能度世，服之可以後天不老而凋三光矣。今之相遇，蓋亦三生〔一八〕有緣爾。」遂傾囊出藥，令其服之。群妖聞度世之説，喜得長生，皆羅拜於前曰：「尊官信是神人，今幸相遇！吾君既獲仙藥服餌〔一九〕，吾等獨不得霑刀圭之賜乎？」生遂盡其所有，徧賜之焉。皆踴躍争奪，惟恐不預。其藥蓋毒之尤者，用以淬箭鏃而射鷙獸，無不應弦而倒。少頃，群妖一時卧地，昏懣無知矣。生顧見寶劍懸于壁間，取而悉斬之，凡戮猴大小一十六〔二〇〕頭。疑三女爲妖，欲併除之。皆泣而言曰：「妾等皆人，非魅也。不幸爲妖猴所取，久在坑穽，求死不得。今而君能爲妾除害，即妾等再生之主也，敢不惟命是聽！」問其姓名居止，其一即錢翁之女，其二亦皆郡邑良家也〔二一〕。生雖能去群妖，然終無計可出。凡處其間，閱三晝夜〔二二〕。憤悶之際，忽有老父數人，不知自何來，皆長鬚烏喙，身被褐裘〔二三〕，扶杖傴僂〔二四〕，推一白衣者居前，向生而拜曰：「吾等是虚星之精，久有此土，近爲妖猴所據，吾力弗敵，是用屏避他所，俟其便而圖之。不意君能爲我掃除讎怨，蕩滌凶邪，敢不致謝？」乃於袖中各出徑寸珠〔二五〕，置于生前。生曰：「若等既有神通，何乃見困於彼，自伏孱弱耶？」白衣者曰：「吾壽止五百歲，彼已八百歲，是以劣焉〔二六〕。然吾等居此，與人無害也，功成行滿，當得飛遊諸天，出入自在耳。非若彼之貪淫暴横，害人禍物，今其稔惡不已，舉族殲夷，蓋亦獲罪於天，故假手於君耳。不然，彼之凶惡，豈君之能制耶？」生曰：「此洞名『申陽』，其義安在？」曰：「猴乃申屬，故假以爲名耳，非吾土之舊號也。」生曰：「此地既爲若等素有，予乃世人，誤陷于此，但得指引歸路，餘皆不願〔二七〕也。」曰：「果欲如是，亦何難哉？但閉目半餉〔二八〕耳。」生如其言，但聞疾風暴雨之聲。聲止開目，見一大白鼠在前，群鼠如豕者數輩從之，旁穿一穴，達于路口。生挈三女以出，徑叩錢翁之門而歸焉。翁大驚喜，即納爲婿。其二女之父母，亦願從之。生一娶三女，富貴赫然。後復至其處，求訪穴口，則喬木豐草〔二九〕，遠近如一，無復舊蹤矣。

〔一〕射　句解本、清江堂本下有「馳騁弓馬」四字。
〔二〕馳騁出没　句解本、清江堂本作「出没其間」，似與上文有所變化。
〔三〕愛之甚至　句解本、清江堂本作「甚所鍾愛」。
〔四〕親戚姻黨　句解本、清江堂本作「鄰里」。
〔五〕四鄰　句解本、清江堂本作「四境」。
〔六〕日　句解本、清江堂本下有「挾鏃持弧」四字。
〔七〕數峰　句解本、清江堂本作「岡巒」。
〔八〕斷壟迴岡　句解本、清江堂本作「壠坂」。
〔九〕行一里許　句解本、清江堂本無此四字。
〔一〇〕裹紅抹額　句解本、清江堂本作「絳帕首」。
〔一一〕碧　句解本、清江堂本無此字。
〔一二〕淋漓　句解本、清江堂本作「沿路」。
〔一三〕紅帕抹額　句解本、清江堂本作「裝束」。
〔一四〕折　句解本下有「作禮」二字。

〔一五〕罪該萬死神官見問謹以實對　句解本、上圖殘本、清江堂本無此十二字。
〔一六〕仰天而視　句解本、清江堂本無此四字。
〔一七〕絶色　清江堂本前有「傾城」二字。
〔一八〕三生　句解本、清江堂本無此二字。
〔一九〕仙藥服餌　句解本、清江堂本作「仙丹永命」。
〔二〇〕一十六　句解本、清江堂本作「三十六」。
〔二一〕也　上圖殘本、清江堂本下有「其三亦係邊廂之室女也」。
〔二二〕凡處其間閲三晝夜　上圖殘本、句解本、清江堂本無此八字。
〔二三〕長鬚鳥喙身被褐裘　上圖殘本、句解本、清江堂本乙作「身被褐裘，長鬚鳥喙」。
〔二四〕扶杖傴僂　句解本、清江堂本無此四字。
〔二五〕各出徑寸珠　句解本、清江堂本作「取出金珠之屬」。
〔二六〕劣焉　句解本、清江堂本作「不敵」。
〔二七〕餘皆不願　句解本、清江堂本作「謝物不用」。
〔二八〕餉　句解本、清江堂本下有「即得遂願」四字。
〔二九〕喬木豐草　句解本、清江堂本作「豐草喬林」。

愛卿傳〔一〕

羅愛愛，嘉興名娼也。色貌才藝，獨步一時。而又性識通敏，工於詩詞。是以人皆敬而慕之，稱爲「愛卿」。佳篇麗什，傳播人口。風流之士，咸脩飾以求狎。懵學之輩，自視缺然。郡中名士，嘗以季夏望日，會於鴛湖凌虚閣，避暑翫月賦詩。愛卿先成四首，坐間皆閣筆。詩曰：

畫閣東頭納晚涼，紅蓮不似白蓮香。
一輪明月天如水，何處吹簫引鳳凰？

月出天邊水在湖，微瀾倒浸玉浮圖。
搴〔二〕簾欲共嫦娥語，却恨林間鳥亂呼〔三〕。

手弄雙頭茉莉枝，曲終不覺鬢雲欹。
珮環響處飛仙過，願借青鸞一隻騎。

曲曲欄干正正屏，六銖衣薄懶來憑。
夜深風露涼如許，身在瑶臺第一層。

同郡有趙氏子者，第六，亦簪纓族。父亡母在，家貲巨萬。慕其才色，以銀伍百兩〔四〕聘焉。愛卿入門，婦道甚修，家法甚整〔五〕，擇言而發，非禮不行。趙子嬖而重之。聘之二年〔六〕，趙子有父黨爲吏部尚書者，以書自大都召之，許授以江南一官。趙子欲往，則恐貽母妻之憂；不往，則又恐失功名之會，躊躇未决。愛卿謂之曰：「妾聞男子生而桑弧蓬矢以射四方，丈夫壯而立身揚名以顯父母，豈可以恩情之篤而誤功名之期乎？君母在堂，温清之奉，甘旨之供，妾任其責有餘矣。但年高多病，而君有萬里之行。李令伯〔七〕所謂『事陛下之日多，報劉之日少〔八〕』，君宜常以此爲念。望太行之孤雲，撫西山之落日〔九〕，不可不早歸爾。」趙子遂卜大都〔一〇〕之行，置酒酌别於中堂。酒三行，愛卿請趙子捧觴爲太夫人壽，自製《齊天樂》一闋以侑之。其詞曰：

恩情不把功名誤，離筵又歌金縷。白髮慈親，紅顔幼婦，君去有誰爲主？流年幾許，况悶悶愁愁，風風雨雨。鳳折鸞分，未知何日更相聚！　蒙君再三分付：向堂前侍奉，休辭辛苦。萬里皇恩，五花官誥〔一一〕，要待封妻拜母。君須聽取：怕日薄西山，易生愁阻。早促回程，綵衣相對舞。

歌罷，坐中皆垂淚。趙子乘醉，解纜而行。至都，而尚書以疾廢〔一二〕，無所投托，遷延旅館，久不能歸。太夫人以憶子之故，遂得重疾〔一三〕，伏枕在牀。愛卿事之甚謹，湯藥必親嘗，饘粥必親進〔一四〕。求神禮佛，以逭其灾；虚詞詭説，以寬其意。沉眠數月〔一五〕，因遂不起。一旦〔一六〕呼愛卿而告之曰：「吾子以功名之故，遠赴京都〔一七〕，遂絶音耗。吾又不幸感疾，新婦事我至矣！今而命殂，無以相報。但願吾子早歸，新婦異日有子有孫，皆如新婦之孝敬。皇天有知，必不相負！」言訖而没。愛卿哀毁如禮，親造棺槨，置墳壠〔一八〕，葬之於白苧林〔一九〕。既葬，旦夕哭於靈几前，悲傷過度，爲之瘦瘠。

至正十六年，張士誠陷平江；十七年，達達丞相檄苗軍帥楊完者爲江浙參政，拒之於嘉興。不戢軍士，大掠居民。趙子之家，爲劉萬户者所據。見愛卿之姿色，欲逼納之。愛卿詒之以甘言，接之以好容〔二〇〕，沐浴入閣，以羅帕自縊而死。萬户聞而趨救之，已無及矣。乃以繡褥裹尸，瘞之於後圃銀杏樹下。未幾，而張士誠通款於浙省〔二一〕，楊參政〔二二〕爲所害，麾下皆星散。趙子始間關海道，由太倉登岸，至嘉興，則人民城郭〔二三〕皆已非矣。投其故宅，荒廢無人居，但見鼠竄於梁，梟鳴于樹，蒼苔碧草，掩映階庭而已。求其貲産，皆已蕩然；尋其母妻，不可復有〔二四〕。惟中堂巋然獨存，乃灑掃而息焉。明日，行至於東門外，至紅橋側，遇舊使老蒼頭於道，呼而問之，具述其詳。則母已辭堂，妻亦没矣〔二五〕。遂引趙至白苧林其母葬處，指其墳壠而告之曰「此皆六娘子之所經理也」，指其松柏而告之曰「此皆六娘子之所植」〔二六〕。「太夫人以郎君不歸，感念成疾。娘子奉之至矣，不幸而死，遂葬於此。娘子身被衰麻，手扶棺槨，親自負土，號哭墓下。葬之三月，而苗軍入城，宅舍被占。劉萬户者，欲以非禮犯之。娘子不從，遂以羅巾自縊，就於後圃葬之矣。」趙子大傷感，即歸至銀杏樹下發掘之。顔貌如生，肌膚不改。趙子抱其尸〔二七〕而大慟，絶而復甦者再。乃沐以香湯，被以華服，買棺而附葬於母墳之側。哭之曰：「娘子平日聰明才慧，流輩莫及。今雖死矣，豈可混同凡人，使絶靈響。九原有知，願賜一見。雖顯晦殊途，人皆忌憚，而恩情切至，實所不疑。」於是出則禱於墓下，歸則哭于圃中。將及一旬，月晦之夕，趙子獨坐中堂，寢而不能寐。忽聞暗中哭聲，初遠漸近，覺其有異，急起視〔二八〕之曰：「倘是六娘子靈，何吝一見而叙舊也？」即聞之曰：「妾即羅氏也。感君憂念，雖處幽冥，實所惻愴，是以今夕與君知聞爾。」言訖，如有人行，冉冉而至，五六步許，即可辨其狀貌，果愛卿也。淡妝素服，一如其舊，惟以羅巾擁其項。見趙子，施禮畢，泣而歌《沁園春》一闋，其所自製也。詞曰：

一别三年，一日三秋，君何不歸？記尊姑老病，親供藥餌。高墳埋葬，親曳麻衣。夜卜燈花，晨占鵲喜，雨打梨花晝掩扉。誰知道，把恩情永隔，書信全稀！　干戈滿目交揮，奈命薄時乖履禍機。向鎖金帳底，猿驚鶴怨。香羅巾下，玉碎花飛。要學三貞，須拼一死，免被傍人話是非。君相念，筭除非畫裏，得見崔徽！

每歌一句，則悲數聲，悽愴怨咽，殆不成腔。趙子延之入室，謝其奉母之孝、營墳之勞、殺身之節，感愧不已。乃收淚而自叙曰：「妾本娼流，素非良族。山鷄野鶩，家莫能馴；路柳墻花，人皆可折。惟知倚門而獻笑，豈解舉案以齊眉。令色巧言，迎新送舊。東家食而西家宿，久習遺風；張郎婦而李郎妻，本無定性。幸蒙君子，求爲家室，即便棄其舊染之污，革其前事之失。操持井臼，採掇蘋蘩。修祀祖之儀，篤奉姑之道。事以禮，葬以禮，無愧于心；歌于斯，哭于斯，未嘗窺户。豈料昊天不吊，大患來臨！毒手老拳，交争于四境；長槍大劍，耀武于三軍。既據李崧之居，又奪韓翃〔二九〕之婦。良人萬里，賤妾一身。豈不知偷生之可安，忍辱之耐久。而乃甘心玉碎，決意珠沉。若飛蛾之撲燈，似赤子之入井，乃己之自取，非人之不容。蓋所以愧乎爲人妻妾而棄主背夫〔三〇〕，受人爵禄而忘君負國者也。」趙子慰撫良久，因問太夫人安在。曰：「尊姑在世無罪，聞已受生於人間矣。」趙子曰：「然則，君何獨墮鬼録〔三一〕？」對曰：「妾之死也，冥司以妾貞烈，即令往無錫州〔三二〕宋家，托爲男子。妾以與君情緣之重，必欲伺君一見，以叙懷抱，故遲之歲月爾。今既見君矣，明日即往生也。君如不棄舊情，可到彼家見訪，當以一笑爲約〔三三〕。」遂與趙子入室歡會，款若平生。鷄鳴叙别，下階數步，復回顧拭淚云：「趙郎珍重，從今永别矣！」因哽咽佇立，天色漸明，欻然而逝，不復可覩。但空堂杳然，寒燈半滅而已。趙子起而促裝，逕往無錫，尋宋氏之居而問焉，則果得一男子，懷妊二十月矣。然自降生之後，至今哭不輟聲。趙子具述其事，而願請見之，果一笑而哭止，其家遂名之曰羅生。趙子求爲親屬，自此往來饋遺、書問不絶〔三四〕云。

〔一〕本篇收入何本《燕居筆記》卷八、余本《燕居筆記》卷九、《青泥蓮花記》卷六、《訓世評話》節録。
〔二〕搴　句解本、清江堂本作「掀」。
〔三〕却恨林間鳥亂呼　句解本、清江堂本作「肯教霓裳一曲無」。
〔四〕銀伍百兩　虞淳熙序本、余本和何本《燕居筆記》作「銀數百兩」，句解本、清江堂本作「納禮」。
〔五〕整　句解本、清江堂本作「飭」。
〔六〕聘之二年　句解本、清江堂本作「未久」。
〔七〕李令伯　句解本、清江堂本作「昔人」。按：李令伯即李密。
〔八〕事陛下之日多報劉之日少　句解本、清江堂本作「事主之日多，報親之日少」。按：句解本、清江堂本據李密《陳情表》成句稍改。
〔九〕落日　句解本、清江堂本作「頽日」。
〔一〇〕大都　句解本、清江堂本作「京都」。

〔一一〕萬里皇恩五花官誥　句解本、清江堂本作「官誥蟠花，宮袍制錦」。

〔一二〕疾廢　句解本作「病免」，清江堂本、上圖殘本作「病殂」。

〔一三〕遂得重疾　句解本、清江堂本作「感病沉重」。

〔一四〕進　句解本、清江堂本作「煮」。

〔一五〕沉眠數月　句解本、清江堂本作「纏綿半載」。

〔一六〕一旦　句解本、清江堂本作「臨終」。

〔一七〕京都　句解本、清江堂本作「皇都」。

〔一八〕置墳壠　句解本、清江堂本無此三字。

〔一九〕林　句解本、清江堂本作「村」。下同。

〔二〇〕詒之以甘言接之以好容　句解本、清江堂本作「以甘言詒之」。

〔二一〕張士誠通款於浙省　句解本、清江堂本作「張氏通款浙省」。

〔二二〕楊參政　原訛作「王參政」，黄正位本、《青泥蓮花記》、余本和何本《燕居筆記》同，據句解本、清江堂本、虞淳熙序本改。

〔二三〕人民城郭　句解本、清江堂本乙作「城郭人民」。

〔二四〕求其貲産皆已蕩然尋其母妻不可復有　句解本、清江堂本簡作「尋其母妻，不知去向」。

〔二五〕母已辭堂妻亦没矣　句解本、清江堂本作「老母辭堂，生妻去室矣」。

〔二六〕指其墳壠和指其松柏二句　句解本、清江堂本互乙。
〔二七〕抱其尸　句解本、清江堂本作「撫尸」。
〔二八〕視　句解本、清江堂本作「祝」。
〔二九〕韓翊　黄正位本、虞淳熙本同，句解本作「韓翃」。今通作「韓翃」。
〔三〇〕棄主背夫　黄正位本、虞淳熙本同，句解本、清江堂本作「背主棄家」。
〔三一〕鬼録　句解本、清江堂本作「鬼趣」。鬼趣猶鬼道。
〔三二〕州　句解本、清江堂本無此字。
〔三三〕約　句解本、清江堂本作「驗」。
〔三四〕往來饋遺書問不絶　句解本作「往來饋遺、音問不絶」，清江堂本作「往來饋送、遺音不絶」。

翠翠傳〔一〕

翠翠，姓劉氏，淮安民家女也。生而悟穎，能通詩書。父母不奪其心〔二〕，就令入學。同學有金氏子者，名定，與之同歲，亦聰明俊雅。諸生戲之曰：「同歲者當爲夫婦。」二人亦私以此自許。金生贈翠翠詩曰：

十二欄干七寶臺，春風隨處〔三〕艷陽開。
東園桃樹西園柳，何不移來一處栽？

翠翠和之曰：

平生每恨祝英臺，懷抱何爲不早〔四〕開？

我願東君勤用意，早移花樹向陽栽。

已而翠翠年長，不復至學。及年十六，父母欲其議親，輒悲泣不食。以情問之，力〔五〕不肯言，久乃曰：「必西家金定，妾已許之矣。若不相從，有死而已，誓不登他門也！」父母不得已而聽焉。然而劉富而金貧，其子雖聰俊，門户甚不相敵。及媒氏至其家，果以貧辭，慚愧不敢當。媒氏曰：「劉家小娘子，必欲得金生，父母亦許之矣。若以貧辭，是違背其誠意，而挫過此一好因緣也。今當語之曰：『寒家有子，粗知詩禮，貴宅見求，敢不從命。但蓽門圭竇之人〔六〕，安於貧賤久矣，若責其聘問之儀，婚娶之禮，終恐無從而致。』彼以愛女之故，當不較也。」其家從之，媒氏復命。父母果曰：「婚姻論財，夷虜之道。吾知擇婿而已，不計其他。但彼不足而我有餘，我女到彼，必不能堪，莫若贅其子入門可矣。」媒氏傳命再往，其家不敢違〔七〕，遂卜日結婚。凡幣帛之類、羔鴈之屬，皆女家自備。迎婿入門〔八〕，二人相見，喜可知矣！是夕，翠翠於枕畔作《臨江仙》一闋贈生曰：

曾向書窗同筆硯，故人今作新人。洞房花燭十分春。汗霑蝴蝶粉，身惹麝香塵。

殢雨尤雲渾未慣，枕邊眉黛羞顰。輕憐痛惜莫辭頻。願郎從此始，日近日相親。

邀生繼和。生遂次韻曰：

記得書齋同筆硯〔九〕，新人不是他人。扁舟來訪武陵春。仙居鄰紫府，人世隔紅塵。　海誓山盟〔一〇〕心已許，幾番淺笑深顰。向人猶自語頻頻。意中無別意，親後有誰親？

二人相得之樂，雖翡翠〔一一〕之在赤霄，鴛鴦之游緑水，未足以喻也。未及一載，張士誠兄弟起兵高郵，盡陷淮東〔一二〕諸郡。女爲其部下將李將軍者所掠。至正末，士誠闢土益廣，跨江南北〔一三〕，乃納款元朝，願奉正朔。道途始通，行李無阻。生於是辭別内外父母，願求其妻，誓以不見則不復還。行至平江，則聞李將軍見在紹興守禦；及至紹興，則又調兵屯安豐矣；復至安豐，則回湖州駐紮矣。生往來江淮〔一四〕，備經險阻。星霜屢移，囊橐又竭，然而此心終不少阻〔一五〕。草行露宿，丐乞於人，僅而得達湖州。則李將軍方貴重用事，威焰隆赫。生佇立門墻，躊躇窺伺，將進而未能，欲言而不敢。閽者怪而問焉。生曰：「僕，淮安人也。喪亂以來，聞有一妹在於貴府，今而不遠千里至此，欲求一見耳，非有他也〔一六〕。」閽者曰：「然則汝何名姓？妹年貌若干？吾得一聞〔一七〕，以審其虛實。」生曰：「僕，姓劉，名金定，妹名翠翠，識字〔一八〕能文。當失去之時，年始十七，以歲月計之，今則二十有四矣。」閽者聞之，曰：「府中果有劉氏者，淮安人也。年二十四歲〔一九〕，識字，善爲詩，性又慧巧，本使寵之專房。汝言信不虚，吾將告之於内，汝且止此以待。」遂奔走入告。須臾〔二〇〕令生入見。將軍坐於廳上，生再拜而起，具述其由。將軍，武人也，信而不疑，即命内竪告於翠翠曰：「汝兄自鄉中來此，當一出見之。」翠翠承命而出，以兄妹之禮見於廳前，動問父母外〔二一〕，不能措一辭，但悲傷哽咽〔二二〕而已。將軍曰：「汝既遠來，道途疲弊〔二三〕，可且於吾門下休息，吾當徐爲之所。」即出新衣一襲，令换服之，並以帷帳衾席之屬設于門西小館，令生處焉。翌日，謂生曰：「汝妹既能識字，汝亦通書否？」生曰：「僕在鄉中，以儒爲業，以書爲本，凡六經群史，諸子百家〔二四〕，涉獵盡矣〔二五〕，又何疑哉？」將軍喜曰：「吾自少失學，乘亂崛起。今方見用于時，趨附者衆。賓客盈〔二六〕門，無人延款；書啓堆案，無人裁答。汝便處吾門下，足充一記室矣。」生明敏者也，性既温和，才又秀發，處于其門，益自檢束。應上接下，咸得其歡；代書回簡，曲盡其意。將軍大〔二七〕以爲得人，待之甚厚。然而生之來此，本爲求訪其妻，自廳前一見之後，不可再得。閨閤深遠，内外頗嚴〔二八〕。但欲一達其意，而終無間可乘。荏苒數月，時及授衣，西風夕起，白露爲霜。生獨處空齋，終夜不寐，乃成一詩曰：

好花移入玉欄干，春色無緣得再看。
樂處豈知愁處苦，别時雖易見時難。

何年塞上重歸馬，此夜庭中獨舞鸞。
霧閣雲窗深幾許？可憐辜負月團圞。

詩成，題于片紙，拆布衣〔二九〕之領而縫之，以百錢納於小竪而告曰：「天道已寒，吾衣甚薄。望持入付于吾妹，令其拆〔三〇〕而縫紉之，將以禦寒爾。」小竪如言持入。翠翠解其意，拆衣而詩見，大加傷感，吞聲而泣，別爲一詩，亦縫於衣領之内，付出還生。詩曰：

一自鄉關動戰鋒，舊愁新恨幾重重！
腸雖已斷情難斷，生不相從死亦從。
長使德言藏破鏡，終教子建賦游龍。
緑珠碧玉心中事，今日誰知也到儂！

生得詩，知其以死許之，無復致望，但愈加抑鬱，遂感沉疾〔三一〕。翠翠聞之，請于將軍，始得一至牀前問候，而生病已亟矣。翠翠以臂扶生而起，生引首側視，凝淚滿眶，長吁一聲，奄然死於其手〔三二〕。將軍憐之，葬於道場山麓。翠翠送殯而歸，是夜得疾。不復飲藥，輾轉衾席，將及一月〔三三〕。一旦告將軍曰：「妾棄家相從，已得八載。流離外郡，舉目無親，止有一兄，今又死矣。病必不能起，乞埋骨兄側，使黄泉之下，庶有依托，不至於他鄉作一孤鬼也。」言盡而卒。將軍不違其志，竟附葬於生墳左，宛然東西二丘焉。

洪武元年〔三四〕，張氏既滅。翠翠家有一舊僕，以商販爲業，道由湖州道場山下，見〔三五〕華屋數間，槐柳扶疎〔三六〕。翠翠與金生方並肩而立于門。遽呼之入，動問父母存亡及鄉井舊事。僕曰：「娘子與郎安得在此〔三七〕？」翠翠曰：「始因兵亂，我爲李將軍所虜。郎君遠來尋訪，將軍不阻，以我歸焉，因遂僑居于此爾。」僕曰：「予今復回淮安，娘子可爲一書以報父母也。」翠翠留之宿，飯吳興之香糯，羹苕溪之鮮鯉〔三八〕，以烏程酒出飲之。明早，遂修一啓以報父母。曰：

伏以父生母育，難忘罔極之恩；夫唱婦隨，夙著三從之義。在人倫而已定，何時事之多艱！曩者漢日將頹，楚氛甚惡。倒持太阿之柄，擅弄潢池之兵。封豕長蛇，互相吞食；雄蜂雌蝶，各自逃生。不能玉碎於亂離，乃至瓦全而倉卒。驅馳戰馬，隨逐征鞍。望高天而八翼莫飛，思故國而三魂累散。良辰易邁，傷青鸞之伴木鷄；怨耦爲仇，懼烏鴉之打丹鳳。雖應酬而爲樂，終感念而生悲。夜月杜鵑之啼，春花蝴蝶之夢。時移事往，苦盡甘來。今則楊素覽鏡而歸妻，王敦開閤而放妓；蓬島踐當時之約，瀟湘有故人之逢。自憐賦命之屯，不恨尋春之晚。章臺之柳，雖已折於他人；玄都之花，尚不改於前度。將謂瓶沉而簪折，豈期璧返而珠還。殆同玉簫女兩世因緣，難比紅拂妓一時配合。天與其便，事非偶然。煎鸞膠而續斷弦，重偕繾綣；托魚腹而傳尺素，謹致丁寧。未奉甘旨，先此申覆〔三九〕。

父母得書，甚喜。其父即貨舟，與僕自淮徂浙，逕奔吴興而訪焉。至道場山下向日相遇留宿之處〔四〇〕，則荒烟野草〔四一〕，狐兔之跡交道，前所見華屋，乃東西兩墳耳。方疑惑間，適有野僧扶錫而過，指〔四二〕而問焉，則曰：「此故李將軍所葬金生與翠娘墳耳。豈有人居乎？」大驚，急取其書而視之，乃白紙一幅也。時李將軍已爲國朝誅戮，無從詰問其詳。父哭於墳下曰：「汝以書賺我，令我千里至此，本欲與我一見也。今我至矣，而汝藏蹤滅跡〔四三〕，不復可求〔四四〕。我與汝，生爲父子，死爲骨肉〔四五〕，又何間焉？汝死有靈，願得一見，以決我疑也。」是夜，宿于墳下〔四六〕。三更後，忽見翠翠與金生拜於前，悲啼宛轉。父驚而撫問之。翠翠乃具述其始末。曰：「往者禍起蕭墻，兵興屬郡〔四七〕。不能效竇氏女之死，乃致爲沙吒利之驅。忍耻偷生，離鄉去國〔四八〕。恨以蕙蘭之弱質，配兹狙儈之下材。惟知奪石家賣笑之姬，豈暇憐息國不言之婦。叫九閽而無路，度一日如三秋。良人不棄舊恩，特蒙遠訪。托兄妹之名，而僅獲一見；隔夫婦之義〔四九〕，而終遂不通。彼感疾而先殂，妾含寃而繼殞。欲求附葬，遂得同歸。大略如斯，微言莫盡〔五〇〕。」父曰：「我之來此，本欲取汝歸家，以奉我耳。今汝已矣，將取汝骨遷於先壠，亦不虚行一遭也〔五一〕。」復泣而言曰：「妾生而不幸，不得侍奉親闈〔五二〕；没而無緣，不得首丘祖墓〔五三〕。然而〔五四〕天道〔五五〕尚静，神理宜安，若便遷移，反成勞擾。况溪山秀麗，草木榮華。既已安焉，非所願也。」因抱持其父而大哭。父遂驚覺，乃一夢也。明日，以牲酒〔五六〕奠于墳下，與僕返棹而歸。至今往來者，指爲「金翠墓」云。

〔一〕本篇收入《廣艷異編》卷十、《續艷異編》卷三（文字從章甫言本，但删減較多）、《情史》卷十四《劉翠翠》（删「洪武元年，張氏既滅」至結尾，尾注曰：「後尚有翠翠家舊僕，以商販過道場山，遇翠翠夫婦，寄書與父母。父買舟來訪，徒見二墳，夜復夢翠翠云云。似涉小説家套數，今删之。」）《二刻拍案驚奇》卷六《李將軍錯認舅　劉氏女詭從夫》據此改編。葉憲祖《金翠寒衣記》雜劇、袁聲《領頭書》傳奇均據此敷衍。

〔二〕心　黄正位本同，句解本、清江堂本、虞淳熙序本作「志」。

〔三〕隨處　句解本、清江堂本作「到處」。

〔四〕早　句解本、清江堂本作「肯」。

〔五〕力　黄正位本同，句解本、清江堂本、虞淳熙本作「初」。

〔六〕華門圭竇之人　句解本、清江堂本作「生自蓬蓽」。

〔七〕不敢違　句解本、清江堂本作「幸甚」。

〔八〕迎婿入門　句解本、清江堂本作「過門交拜」。

〔九〕筆硯　句解本、清江堂本作「講習」。

〔一〇〕海誓山盟　句解本、清江堂本作「誓海盟山」。
〔一一〕翡翠　清江堂本同，句解本作「孔翠」。
〔一二〕淮東　句解本、清江堂本作「沿淮」，上圖殘本作「沿海」。
〔一三〕北　句解本下有「奄有浙西」四字，清江堂本、上圖殘本下有「奄有浙東」四字。
〔一四〕江淮　原作「江湖」，黄正位本、虞淳熙本同，據句解本、清江堂本改。
〔一五〕阻　句解本、清江堂本作「懈」。
〔一六〕非有他也　句解本、清江堂本無此四字。
〔一七〕吾得一聞　句解本、清江堂本作「願得詳言」。
〔一八〕識字　清江堂本作「曉誦」。
〔一九〕年二十四歲　句解本、清江堂本作「其齒如汝所言」。
〔二〇〕臾　句解本、清江堂本下有「復出」二字。
〔二一〕動問父母外　據句解本、清江堂本補。
〔二二〕悲傷哽咽　句解本、清江堂本作「相對悲咽」。
〔二三〕道途疲弊　句解本、清江堂本作「道途跋涉，心力疲困」。
〔二四〕六經群史諸子百家　句解本、清江堂本作「經史子集」。
〔二五〕矣　句解本、清江堂本下有「蓋素所習也」。

〔二六〕盈　原作「迎」，黄正位本、虞淳熙本同，據句解本、清江堂本改。
〔二七〕大　清江堂本下有「喜」字。
〔二八〕頗嚴　句解本、清江堂本作「隔絶」。
〔二九〕布衣　句解本、清江堂本作「布裘」。
〔三〇〕其拆　句解本、清江堂本作「浣濯」。
〔三一〕疾　句解本、清江堂本作「痼」。
〔三二〕死於其手　句解本、清江堂本作「命盡」。
〔三三〕一月　句解本、清江堂本作「兩月」。
〔三四〕元年　句解本、清江堂本、《廣艷異編》作「初」。
〔三五〕見　句解本、清江堂本下有「朱門」二字。
〔三六〕扶疎　句解本、清江堂本作「掩映」。
〔三七〕此　清江堂本下有「居止乎」三字。
〔三八〕鯉　句解本、清江堂本作「鯽」。
〔三九〕覆　清江堂本下有「僕得書，遞回淮安」七字。
〔四〇〕處　清江堂本下有「絶無處所」四字。
〔四一〕野草　清江堂本下有「樹木平林」四字。

〔四二〕指　清江堂本作「老夫并僕，揖」。
〔四三〕滅跡　句解本、清江堂本下有「匿影潛形」四字。
〔四四〕不復可求　句解本無此四字。
〔四五〕死爲骨肉　句解本無此四字。
〔四六〕下　清江堂本下有「至半夜，將次」五字。
〔四七〕禍起蕭墻兵興屬郡　《廣艷異編》作「亂起蕭墻，禍生衽席」。
〔四八〕國　清江堂本下有「背井拋宗」四字。
〔四九〕隔夫婦之義　句解本作「隔伉儷之情」，清江堂本作「隔夫婦之義，絶父母之恩」。
〔五〇〕盡　清江堂本下有「父聽言訖，大號而泣哀」九字。
〔五一〕也　清江堂本下有「復大泣而言曰汝爲何説也」十一字。
〔五二〕侍奉親闈　句解本作「視膳庭闈」。
〔五三〕祖墓　句解本作「塋壠」，清江堂本作「壠塋」。
〔五四〕然而　清江堂本下有「地遠跋涉而」五字，「而」字屬下。
〔五五〕天道　句解本、清江堂本作「地道」，上圖殘本作「陰道」。
〔五六〕牲酒　清江堂本作「牲醴酒饌」。

剪燈新話卷之四

山陽瞿佑宗吉 著

龍堂靈會録〔一〕

吴江有龍王堂。堂，蓋廟也，所以奉事香火，故謂之堂。或以爲石岸突出，洲渚可居〔二〕，若塘岸焉，故又謂之龍王塘。其地左吴松，右太湖，風濤險惡，衆水所匯，過者必致敬於廟下〔三〕而後行〔四〕。

元統間，有聞人子述者，以歌詩鳴於吴下。因過其處，適值龍掛。乃白龍也，鬐鬣下垂如一玉柱，鱗甲照曜，如明鏡數百片，轉側於烏雲之内，良久而没。子述自以爲平生奇觀，莫之能及。雨止登廟，周覽既畢，乃題古風一章於廡下。曰：

龍王之堂龍作主，棟宇青紅照江渚。
歲時奉事不敢違，求晴得晴雨得雨。
平生好奇無與伍〔五〕，訪水尋山遍吴楚。
扁舟一葉過垂虹，濯足滄浪浣塵土。
神龍有心慰勞苦，變化風雲快觀覩。

鬐尾蜿蜒玉柱垂，鱗甲光芒銀鏡舞。
村中稽首朝翁媪，船上燃香拜商賈。
共説神龍素有靈，降福除災敢輕侮！
我登龍堂共龍語，至誠感格龍應許。
汲挽湖波作酒漿，採摘江花當殽脯。
大字如拳〔六〕寫庭户，過者驚疑居者怒。
世間不識謫仙人，笑别神龍指歸路。

題畢回舟，卧于篷下。

忽有魚頭鬼身者，自廟中而來，施禮於前曰：「龍王奉邀。」子述曰：「龍王處於水府，賤子遊於塵世，風馬牛之不相及也。雖有嚴命，不識何以能至？」魚頭者曰：「君毋苦辭，但瞑目少頃，即當至矣。」子述如言，但聞風雷聲，久之漸息。開目則見殿宇崢嶸，儀衛羅列，寒光逼人，不可仰〔七〕視，真所謂水晶宫也。王聞其至，劒佩冠服而出，迎之上階，致謝曰：「日間蒙惠高作，詞旨既佳，筆勢又妙，真足以壯觀於廟庭矣〔八〕。是以屈君至此，欲得奉酬。」坐未定，外間傳言有客，王乃出門而接。見有三人同入，其一高冠巨履，威儀簡重；其一烏帽青裘，風度瀟灑；其一則葛巾野服而已。分賓次而坐。王謂子述曰：「君不識三客乎？乃越范相國、晋張使君、唐陸處士耳。此吴地之『三高』是也。」王對三客言子述題詩之事，俱各傳觀，稱贊不已。王曰：「詩人遠臨，貴客又至，賞心樂事，不期而同。」即命左右設宴於中堂，凡鋪陳之物、飲饌之味，皆非世間所有。酒至方欲飲，閽者奔入曰：「吴行人〔九〕伍君在門。」王遽起迎之。既入〔一〇〕，而范相國猶據首席，不能謙避。伍君勃然變色而謂王曰：「此地乃吴國之境，君乃吴國之神〔一一〕，吾乃吴國之忠臣，彼乃吴國之讎人也。吴俗無知，妄以『三高』爲目，立亭以美之〔一二〕。王又延之入室，置之上座，昔日〔一三〕吞吴之恨，寧忍遽忘耶？」即數范相國曰：「汝有三大罪而人罔知，故千古之下，猶得以欺世而盗名。吾今爲汝一白之，使大奸無所容，大惡不得掩〔一四〕矣！」相國默然，請聞其説。乃曰：「昔勾踐志於復讎，卧薪嘗膽，十年生聚，十年教訓，以此戰伐，孰能禦之？何至假負薪之女，爲誨淫之事，出此左計〔一五〕，不以爲慚？吴既以亡，又不能除去尤物，反與共載而去。昔太公蒙面而斬妲己，高熲違令而戮麗華，以此方之，孰得孰失？是謀國之不臧也。既以滅吴，乃以勾踐爲人長頸烏喙，可與共患難，不可與共逸樂，浮海而去，以書遺大夫種曰：『蜚鳥盡，良弓藏；狡兔死，獵狗烹。子可以去矣。』夫自不能事君，又誘其臣與之偕去，令其主孤立於上，國空無人，於心安乎？昔鮑叔〔一六〕之薦管仲，蕭何之追韓信，以此方之，孰是孰非？是事君之不忠也。既以去國，本求高蹈，何乃聚斂積實，耕于海濱，父子力作，以營千金，屢散而復積，此欲何爲者哉？昔魯仲連辭金而不受，張子房辟穀而遠引，以此方之，孰賢孰愚？是持身之不廉也。具此三大罪，安得居吾之上乎？」〔一七〕相國〔一八〕面色如土，不敢出聲〔一九〕，久之乃曰：「子之罪我則然矣！願聞子之所事。」伍君曰：「吾以家族之不幸，遍遊諸國，不避艱險，終能用吴以復父兄之讎，又能爲夫差復父之讎，則孝爲有餘矣；事吴至死不叛，以畢志於其君，雖罹屬鏤之慘，終無怨辭，則忠爲有餘矣；君不終用，至於臨死又能逆料沼吴之禍，以爲身後之憂，則智爲有餘矣。使吾尚在，則岕乩之栖，不可以復報；檇李之敗，不可以終辱〔二〇〕；而越之君臣將不暇於朝食，又烏能得志於吾國乎？蓋嘗論之，吴之亡，不在於西子之進，而在於吾之被讒；越之霸，不在於種、蠡之用，而在於吾之受戮。吾若不死，則苧蘿之姝，適足爲後宫之娱；榮楯之華，適足爲前殿之誇；姑蘇之臺，麋鹿豈可得遊；至德之廟，禾黍豈至於遽生哉！惟自戕其骨鯁，自害其股肱，故讎人得以乘其機，敵國得以投其隙，蓋有幸而然耳！豈子伐國之功、謀國之策乎？」相國詞塞，遽虚位以讓之。伍君遂處其上，相國居第二位，第三、第四位則張使君、陸處士〔二一〕，子述居第五，王坐於末席焉。已而酒行樂作。王請坐客各賦歌詩以爲樂。伍君乃左撫劍，右擊盤，朗而作歌，曰：

駕艅艎之長舟兮，覽吴會之故都。

帳館娃之無人兮，麋鹿遊于姑蘇。
憶吴子之驟强兮，蓋得人以爲任。
戰柏舉而入楚兮，盟黄池而服晋。
何用賢之不終兮，乃自壞其長城。
迫甬東而乞死兮，始躑躅而哀鳴。
泛鴟夷於江中兮，驅白馬於潮頭。
眄胥山之舊廟兮，挾天風而遠遊。
龍宫鬱其嵯峨兮，水殿開而宴會。
日既吉而辰良兮，接賓朋之冠佩。
奠椒漿而酌桂酒兮，擊金鐘而戛鳴球。
湘妃漢女出而歌舞兮，瑞霧靄而祥烟浮。
夜迢迢而未央兮，心摇摇而易醉。
撫長劍而作歌兮，聊以泄千古不平之氣。

歌竟，范相國持杯而詠詩，曰：

霸越平吴，扁舟五湖。

昂昂之鶴，泛泛之鳧。
功成身退，辭榮避位。
良弓既藏，黄金曷鑄！
萬歲千秋，魂魄來遊。
今夕何夕，於此淹留！
吹笙擊鼓，羅列樽俎。
妙女嬌娃，載歌載舞。
有酒如河，有肉如坡。
相對不樂，日月幾何？
金樽翠爵，爲君斟酌。
後會未期，且此歡謔。

張使君亦倚席而吟詩，曰：

驅車返故園〔三〕，掛席來東吳。
西風旦夕起，飛塵滿皇都。
人生在世間，貴乎得所圖。

問渠華亭鶴，何似松江鱸？
豈意千年後，高名猶不孤。
鬱鬱神靈府，濟濟英俊徒。
華筵列玳瑁，美酒傾醍醐。
妙舞躡珠履，狂吟叩金壺。
顧余復何人？亦得同歌呼。
作詩記勝事，流傳遍江湖。

陸處士遂離位而陳詩，曰：

生計蕭條具一船，筆牀茶竈共周旋。
但籠甫里能言鴨，不釣襄江縮項鯿。
鼓瑟吹笙聞盛樂〔三〕，倒冠落珮預華筵。
何須温嶠燃犀照，已被傍人作話傳。

鼂客吟罷，子述乃製長短句一篇，獻于座間。曰：

江湖之淵，神物所居。珠宫貝闕，與世不殊。黄金作屋瓦，白玉爲門樞。屏妝玳瑁甲，檻植珊瑚株。祥雲瑞靄相扶輿，上通三光下八區。自非馮夷與海若，孰得於此而躊躇！高堂開宴羅賓主，禮數繁多冠冕聚。忙呼玉女捧牙盤，催呼神娥調翠釜。長鯨鳴，巨蛟舞，鱉吹笙，鼉擊鼓。驪頷之珠照樽俎，蝦鬚之簾掛廊廡。八音迭奏雜仙韶，遺音縹緲〔二四〕逼雲霄。湘妃姊妹撫瑤瑟，秦家公子〔二五〕來吹簫。麻姑碎擘麒麟脯，洛妃斜拂鳳凰翹。天吴紫鳳顛倒而奔走，金支翠旗有無〔二六〕而動摇。胥山之神余所慕，曾謁神祠拜神墓。相國不改古衣冠，使君猶存晉風度。座中更有天隨生〔二七〕，口食杞菊骨格清。平生夢想不可見，豈期一日皆相迎。主人靈聖更難測，驅駕風雲皆〔二八〕頃刻。周遊八極隘四溟，固知不是池中物。鯫生何幸得遭逢，坐令死草〔二九〕生華風！待以天府八珍之異饌，飲以仙厨九醖之深鍾〔三〇〕。唾壺缺，麈柄折〔三一〕，醉眼生花雙耳熱。不來洲畔採明珠，不去波間摸圓月。但將詩句寫鮫綃，留向龍宫話奇絶。

歌詠俱畢，觥籌交錯。但聞水村喔喔晨鷄〔三二〕鳴，山寺隆隆曉鐘〔三三〕擊。伍君先別，三高繼往。王以紅珀盤捧照乘之珠、碧瑶箱盛開水之角，贈饋於子述，命使送還。抵舟，則東方洞然，水路明朗，乃於中流稽首廟堂而去。

〔一〕清江堂本原闕「之禍以爲身後之憂」至「張使君倚席而吟詩曰」，以上圖殘本參校。但早稻田大學圖書館藏黄正位本《龍堂靈會録》與國圖黄正位本有異。北圖黄正位本與章甫言本等早期刊本一致，早稻田黄正位本與上圖殘本、清江堂本、句解本一致。早稻田本葉一右插圖右上角無「龍王堂」三字，當系挖改留白。早稻田本葉四的字體比他葉筆劃略細，當系翻刻。但早稻田本其他葉與國圖本一致，且文字屬於早期本，其因未明。

〔二〕突出洲渚可居　句解本作「陡出」。

〔三〕廟下　句解本、上圖殘本、清江堂本作「廟庭」。

〔四〕行　句解本、上圖殘本、清江堂本下有「夙著靈異，具載於范石湖所編《吴郡志》」。

〔五〕伍　句解本、清江堂本作「仵」。

〔六〕如拳　句解本、上圖殘本、清江堂本作「淋漓」。

〔七〕仰　句解本、上圖殘本、清江堂本作「睇」。

〔八〕真足以壯觀於廟庭矣　句解本、上圖殘本、清江堂本作「廟庭得此，光彩倍增」。

〔九〕行人　早稻田黄正位本、清江堂本、上圖殘本、句解本作「大夫」。據《史記·伍子胥列傳》，闔廬任用伍子胥爲行人，與謀國事。

〔一〇〕入　早稻田黄正位本下有「禮畢」二字。

〔一一〕君乃吴國之神　早稻田黄正位本、上圖殘本、句解本作「王乃吴地之神」。

〔一二〕立亭以美之　早稻田黄正位本、上圖殘本、清江堂本、句解本作「立亭館以奉之」。

〔一三〕昔日　句解本、上圖殘本、清江堂本作「曩日」。

〔一四〕不得掩　早稻田黄正位作「無所隱」，句解本「掩」作「隱」。

〔一五〕左計　早稻田黄正位本、上圖殘本、句解本作「鄙計」。

〔一六〕鮑叔　早稻田黄正位本作「叔牙」。

〔一七〕徐伯齡《蟫精雋》卷一指出《龍堂靈會録》本《彈范蠡文》。《彈范蠡文》，不著撰人，見收於陳郁《藏一話腴》、周密《齊東野語》、徐伯齡《蟫精雋》等，但文字略有差異。今綜合整理如下：「匿怨友其人，左丘明耻之；非其鬼而祭，聖經是誅。今有竊高人之名，處衆惡之所。有識之士，莫不共憤；無知之魂，豈當久居。可不雪讐耻於千載之前，正禮義於萬世之下。吴江三高，即越之范蠡、晋張季鷹、唐陸魯望也。考之世代，相去甚遠；揆之名節，乃大不同。切見范蠡，越則謀臣，吴爲敵國。以利誘太宰嚭，而脱彼勾踐；以利誘公孫雄，而滅我夫差。既遂厥謀，反疑其主。鄙君如烏喙，累大夫種以伏誅；目己曰鴟夷，載西子而潛遁。且古之隱者，自稱草野；《易》稱高尚，不事王侯。如蠡者，致産累數千萬，而變姓名於齊陶，轉位逐什一利，而詭蹤跡於江海。語其高節則未可，謂之智術則有餘。假扁舟五湖之名，居笠澤三高之首。况當無邊勝地之土，著此不共戴天之讐。其視菰菜蓴羹、敝屣名爵，筆牀茶竈、短棹江湖者，豈容與之並駕臨風、聯鑣對雪耶？載觀往證，歷訪邇吟。九江王之廟郴陽，紹興劉頜謂放弑之賊而毁其廟；伍子胥之祀荆楚，南軒張公以讐隙之人而平其祠。事正相符，言不容宜。『可笑吴癡忘越憾，却誇范蠡作三高』，劉清軒見譏良何深；『千年家國無窮恨，只合江邊祀子胥』，黄東浦貽誚尤不淺！得罪名勝，難亞清高。所合褫其祀於祠堂，沈其軀於濁水，別議高尚如季鷹、魯望者充其祀，庶幾笠澤之高風益凜，松江之夜月增明，不惟公論可以大伸，抑且風教實非小補。」

〔一八〕相國　上圖殘本、清江堂本下有「被説」二字。

〔一九〕不敢出聲　據句解本、上圖殘本、清江堂本補。

〔二〇〕終辱　早稻田黄正位本、上圖殘本、句解本作「詭勝」。

〔二一〕第三第四位則張使君陸處士　上圖殘本作「第三則張使君，第四位則陸處士」。

〔二二〕園　句解本、上圖殘本、清江堂本作「國」。

〔二三〕聞盛樂　句解本、上圖殘本、清江堂本作「傳盛事」。

〔二四〕遺音縹緲　句解本、上圖殘本、清江堂本作「宫商響切」。

〔二五〕公子　句解本作「公主」。

〔二六〕有無　句解本、上圖殘本、清江堂本作「縹緲」。

〔二七〕天隨生　上圖殘本、清江堂本作「天兢生」。

〔二八〕皆　句解本、上圖殘本、清江堂本作「歸」。

〔二九〕死草　句解本、上圖殘本、清江堂本作「槁朽」。

〔三〇〕天府、仙厨　句解本、上圖殘本、清江堂本分别作「天厨」、「仙府」。

〔三一〕唾壺缺麈柄折　上圖殘本、清江堂本作「唾壺缺少麈柄折」。

〔三二〕鷄　上圖殘本、清江堂本下有「亂」字。

〔三〕鐘 上圖殘本、清江堂本下有「聲」字。

太虛司法傳〔一〕

馮大異，名奇，吴楚之狂士也。恃才傲物，不信鬼神。凡依草附木之妖，驚世而駭俗者，必披襟〔二〕當之，至則凌慢毁辱而後已。或焚其祠，或沉其像，勇往不顧，以是人亦以膽氣許之。

至元丁丑，僑居上蔡之東門，有故之近村。時兵燹之後，蕩無人居，黄沙白骨，一望極目。未至而斜日西沉，愁雲四起。既無旅店，何以安泊？道傍有一古柏林，即投身而入，倚樹少憩。鵂鶹鳴其前，豺狐嗥其後。頃之，有群鴉接翅而下，或跂一足而啼，或鼓雙翼而舞，叫噪怪惡，循環作陣。復有八九死尸，僵卧左右。陰風颯颯，飛雨驟至。疾雷一聲，群尸咸〔三〕起。見大異在樹底〔四〕，踴躍趨赴〔五〕。急攀緣上樹以避之。群尸環繞其下，或嘯或罵，或坐或立，相與言曰：「今夜必取此人！不然，吾屬將有咎。」已而雲收雨止，月光穿露〔六〕。見一夜叉自遠而至，頭有二角，舉體皆青，大呼闊步，逕至林下。以手撮死尸，摘其頭而食之，如啖瓜之狀。食訖飽卧，鼾睡之聲動地。大異自度不可久留，乘其熟睡，下樹而速〔七〕行，不百步，則夜叉已在其後矣。捨命而奔，幾爲所及。遇一蘭若〔八〕，急入投之。東西廊並無一人〔九〕，殿上惟有佛像一軀，質狀甚偉。大異計窮，見佛背有一穴〔一〇〕，遂竄身入穴。佛言〔一一〕：「彼求之不得，吾不求而自至。今夜好頓點心，不必食齋也！」即振迅而起，其行甚重。將十步許，爲門限所礙，蹶然仆于地，土木狼藉，胎骨粉碎矣。大異得出，猶大言曰：「胡鬼弄乃公〔一二〕，反自掇其禍！」即出寺而行。遥望野中，燈燭熒煌，諸人揖讓而飲〔一三〕。大異馳往赴焉。及至，則皆無頭者也。間有貳頭者，則無一臂，或無足〔一四〕。大異不顧而走。諸鬼怒曰：「吾輩方此酣暢，此人大膽，敢來搪〔一五〕突！當執之以爲脯肉〔一六〕爾。」即踉蹌叫怒〔一七〕，或搏牛糞而擲，或執人骨而投，無頭者則提頭而趁之。前阻一水，大異亂流而渡，諸鬼至水際，則不敢越。行〔一八〕及半里，大異回顧，猶聞喧譁之聲靡靡不已。須臾月墜，不辨蹊徑，失足墜一坑中。其深無底，乃一鬼窟〔一九〕也。寒沙瞇目，陰氣徹骨，群鬼萃焉〔二〇〕。有赤髮而雙角者，緑毛而兩翼者，鳥喙而獠牙者，牛頭而獸面者，皆身如藍靛，口吐火焰。見大異至，賀曰：「讎人至矣！」即以鐵紐繫其頸，皮繩束其腰，驅至鬼王之座下，而告曰：「此即在世不信鬼神，凌辱吾徒〔二一〕之狂士也。」鬼王怒而責之曰：「汝具五體而有知識〔二二〕，豈不聞『鬼神之爲德，其盛矣乎』？孔子聖人也，猶曰『敬而遠之』。《大易》所謂『載鬼一車』，《小雅》所謂『爲鬼爲蜮』，他如《左傳》所記晋景之夢、伯有之事〔二三〕，皆是物也。汝爲何人，獨言其無？吾受汝侮久矣！今幸相遇，吾其得而甘心焉！」

即命衆鬼卸其冠裳〔二四〕，加之箠楚。或搏其面，或擊其齒，流血淋漓，求死不得〔二五〕。鬼乃謂之曰：「汝欲調泥成醬乎？汝欲身長三丈乎？」大異自念泥豈可爲醬，因願身長三丈。群鬼即驅之于石牀之上，如搓粉之狀，衆手摩撫而反覆之〔二六〕，不覺漸長。已而扶起，果三丈矣，裊裊如竹竿焉。衆共〔二七〕辱之，呼爲「長竿怪」。王又謂曰：「汝欲熬石成汁乎？汝欲身短〔二八〕一尺乎？」大異方厭〔二九〕其長，不能自立〔三〇〕，爲衆所辱〔三一〕，即願身短一尺。群鬼又驅至于石牀之上，如按麵之狀，極力一捺，骨節礫礫有聲。乃擁之起，果一尺矣，團欒如巨蟹焉。衆又辱之，呼爲「蟛蜞怪」。大異蹣跚于地，不勝其苦。旁有一老鬼，撫掌〔三二〕大笑曰：「足下平昔不信鬼神，今日何故作此形骸？」乃請于衆曰：「彼雖無理〔三三〕，然遭辱亦甚矣，可憐許情〔三四〕宥之！」即以手提大異兩臂〔三五〕而抖擻之，須臾復故。大異求還，諸鬼曰：「汝既到此，不可徒返，吾等各有一物相贈，所貴人間知有我輩耳。」老鬼曰：「然則以何物贈之？」一鬼曰：「吾贈以撥雲之角。」即以兩角置於大異之額，岌然相向。一鬼曰：「吾贈以哨風之嘴。」即以一鐵嘴加於其唇，尖鋭〔三六〕如鳥喙焉。一鬼曰：「吾贈以朱華之髮。」即以赤水染其鬢，皆鬅鬙而上豎，其色如火。一鬼曰：「吾贈以碧光之睛。」即以二青珠嵌於其目，湛湛而碧色矣。老鬼遂送之出坑，曰：「善自珍重，向者群小溷擾〔三七〕，幸勿記懷也。」大異雖得出，然而頂撥雲之角，戴哨風之嘴，被朱華之髮，含碧光之睛，儼然成一異〔三八〕鬼。到家，妻孥不敢認；出市，衆共聚觀以爲怪物，小兒則驚恐而逃避。遂閉門不食，憤懣而死。臨死謂其家人曰：「我爲諸鬼所困，今其死矣！可多以紙筆置於棺〔三九〕中，我將訟之于天。數日之内，蔡州有一奇事，是我得理之時也，汝等〔四〇〕可瀝酒而賀我矣。」言訖而没。没之三日〔四一〕，白晝風雨大作，雲霧四塞，雷霆霹靂，聲震寰宇，瓦屋皆墜〔四二〕，大木盡拔，經宿開〔四三〕霽。則向日〔四四〕所墜之坑，變〔四五〕爲一巨澤，瀰漫數里，其水皆赤。忽聞棺中作語曰：「訟已得理，群鬼皆被誅戮〔四六〕！天府以吾正直，命爲太虚〔四七〕司法，職務繁冗〔四八〕，不得〔四九〕再來人世矣。」其家遂祭而葬之。肸蠁之間，如有靈焉。

〔一〕本篇收入《稗家粹編》卷六、《太平通載》卷六十七《馮大異》。「得出然而頂撥雲之角」至結尾，清江堂本原闕，以上圖殘本參校。清江堂本、上圖殘本均題作《太虚法司傳》。

〔二〕披襟　句解本、清江堂本作「攘臂」。

〔三〕咸　句解本、清江堂本作「競」。

〔四〕底　句解本、清江堂本作「下」。

〔五〕赴　句解本、清江堂本作「附」。

〔六〕露　句解本、清江堂本作「漏」。

〔七〕而速　句解本、清江堂本作「迸逸」。

〔八〕蘭若　句解本、清江堂本作「廢寺」。
〔九〕無一人　句解本、清江堂本作「皆傾倒」。
〔一〇〕大異計窮見佛背有一穴　句解本、清江堂本乙作「見佛背有一穴，大異計窮」。
〔一一〕佛言　句解本、清江堂本作「潛於腹中，自謂得所托，可無虞矣。忽聞佛像鼓腹而笑曰」。
〔一二〕乃公　句解本、清江堂本作「汝公」。
〔一三〕飲　句解本、清江堂本作「坐」，且下有「喜甚」二字。
〔一四〕有貳頭者則無一臂或無足　《稗家粹編》同，句解本、清江堂本作「有頭者則無一臂，或缺一足」。「貳」，《太平通載》作「戴」。
〔一五〕揘　句解本、清江堂本作「衝」。
〔一六〕脯肉　句解本、清江堂本作「脯胾」。
〔一七〕叫怒　句解本、清江堂本作「哮吼」。
〔一八〕行　句解本、清江堂本作「驀」。
〔一九〕鬼窟　句解本作「鬼谷」，清江堂本作「鬼窟深谷」。
〔二〇〕萃焉　據句解本、清江堂本補。
〔二一〕吾徒　清江堂本下有「誹謗聖佛」四字。
〔二二〕具五體而有知識　據句解本、上圖殘本、清江堂本補。

〔二三〕伯有之事　原作「信有之」，黄正位本、虞淳熙本、《稗家粹編》、清江堂本、上圖殘本、《太平通載》同，據句解本改。按：晋景之夢、伯有之事，牽涉到「病入膏肓」和「相驚伯有」兩個成語典故。《左傳·成公十年》：（晋景）公夢疾爲二豎子，曰：「彼良醫也，懼傷我，焉逃之？」其一曰：「居肓之上、膏之下，若我何！」伯有是春秋時期鄭國大夫良霄之字，據《左傳》，伯有貪愎而多欲，子晳好在人上，二子不相得。子晳攻伯有，伯有出奔，駟帶率國人以伐之，伯有死。其後九年，鄭人相驚以伯有，曰「伯有至矣」，則皆走，不知所往。後歲，人或夢見伯有介而行，曰：「壬子，余將殺帶也。明年壬寅，余又將殺段也。」及壬子之日，駟帶卒，國人益懼。後至壬寅日，公孫段又卒，國人愈懼。子產爲之立後以撫之，乃止。後子產解釋伯有因强死而爲厲鬼。底本等有疑，句解本是。

〔二四〕冠裳　上圖殘本、清江堂本作「冠服」。

〔二五〕或摶其面或擊其齒流血淋漓求死不得　句解本無「或摶其面，或擊其齒」八字；上圖殘本、清江堂本則乙作「流血淋漓，求死不得。或摶其面，或擊其齒」。

〔二六〕摩撫而反覆之　句解本、清江堂本作「翻覆而按摩之」。

〔二七〕共　句解本、清江堂本作「笑」。

〔二八〕短　句解本、清江堂本作「矮」。下同。

〔二九〕厭　句解本、清江堂本作「苦」。

〔三〇〕不能自立　據句解本、清江堂本補。

〔三一〕爲衆所辱　句解本無此四字。

〔三二〕掌　底本原訛作「堂」，據黄正位、虞淳熙本、上圖殘本、清江堂本、句解本改。

〔三三〕理　句解本、清江堂本作「禮」。

〔三四〕情　句解本、清江堂本作「請」。

〔三五〕兩臂　句解本、清江堂本無此二字。

〔三六〕尖鋭　據句解本、清江堂本補。

〔三七〕擾　句解本、清江堂本作「瀆」。

〔三八〕異　上圖殘本、句解本作「奇」。

〔三九〕棺　上圖殘本、句解本作「柩」。

〔四〇〕汝等　上圖殘本、句解本無此二字。

〔四一〕言訖而没没之三日　上圖殘本、句解本作「言訖而逝。過三日」。

〔四二〕墜　上圖殘本、句解本作「飛」。

〔四三〕開　上圖殘本、句解本作「始」。

〔四四〕向日　上圖殘本、句解本無此二字。

〔四五〕變　上圖殘本、句解本作「陷」。

〔四六〕誅戮　上圖殘本、句解本作「夷滅無遺」。

〔四七〕太虛　上圖殘本、句解本作「太虛殿」。

〔四八〕職務繁冗　上圖殘本、句解本作「職任隆重」。

〔四九〕不得　上圖殘本、句解本作「不復」。

修文舍人傳〔一〕

夏顔，字希賢，吴之震澤人也。博學多聞，性質英邁，幅巾布裘，遊於東西兩浙間。喜慷慨論事，亹亹不厭，人每傾下之。然而命分甚薄，日不暇給。嘗喟然長嘆曰：「夏顔，汝修身謹行，奈何不能潤其家乎？」則又自解曰：「顔回〔二〕困於陋巷，豈仁義〔三〕之不足也？賈誼困〔四〕於長沙，豈文華之不逮〔五〕也？校尉封拜，李廣不侯，豈智勇之不盡〔六〕也？侏儒飽死而方朔苦饑，豈才藝之不及〔七〕也？蓋有命焉，不可幸而致也。吾知順受而已，豈敢非理妄求哉！」至正初，客死於潤州，殯于北固山下。友人有與之情熟而交厚〔八〕者，遇之於途。見顔乘〔九〕高車，擁大蓋，戴進賢冠，曳蒼玉佩，衮衣繡裳〔一〇〕，如侯伯氣象〔一一〕。從者十數〔一二〕，各執供給之〔一三〕物，呵殿而擁護，風彩揚揚，大異〔一四〕往日，投西〔一五〕而去。友人不敢呼之。一日早出〔一六〕，復遇之於里門。顔遽搴帷下車而揖曰：「故人安否？」友人遂與之叙舊，握手而語〔一七〕，宛若〔一八〕平生。乃問之曰：「與君相別未久，而能自致青雲，立身要路。車馬僕從如此之盛，衣冠服佩〔一九〕如此之華，可謂大丈夫得志之秋矣，不勝健羨之至！」顏曰：「吾今隸職冥司，頗極清要。故人見問〔二〇〕，何敢有隱？但途路之次，未暇備述。君如不棄，可於後夕會於甘露寺多景樓，庶得從容時頃，少叙間闊，不知可乎？望勿以幽冥爲訝，而負此誠信之約〔二一〕也。」友人許之，告別而去。是夕，携酒而往，則顏已先在，見其至，喜甚，迎謂之曰：「故人真信士，可謂死生之交矣！」乃言曰：「地下之樂，大勝〔二二〕人間。吾今爲修文舍人，顏淵、卜商舊職也。冥司用人，選擇甚精，必當其材，必稱其職，然後官位可居，爵禄可及，非若人間可以賄賂而通，可以門地〔二三〕而進，可以外貌而濫充，可以虛名而枉用〔二四〕也。試與君論之：今夫人世之上，仕路之間，秉筆中書者，豈盡蕭、曹、丙、魏之徒乎？提兵外閫者，豈盡韓、彭、衛、霍之流乎？館閣摛文者，豈皆班、揚、董、馬之輩乎？郡邑牧民者，豈皆龔、黄、召、杜之儔乎？騏驥伏鹽車，而駑駘飽〔二五〕芻荳；鳳凰栖枳棘，而鴟梟鳴户庭。賢者槁項黄馘而死于下，不賢者比肩接跡而用於上〔二六〕。故治日常少，亂日常多，正在此也。冥司則不然。黜陟必明，賞罰必當〔二七〕。昔日負君之賊、敗國之臣，受其爵而享其禄者〔二八〕，至此必罹其禍〔二九〕；昔日積善之家、修德之士，困於世而窮其身者〔三〇〕，至此必蒙其福。蓋輪迴之數，報應之條，至此亦莫逃矣。」遂斟滿而飲，連舉數杯〔三一〕，倚欄佇立，東西觀望〔三二〕，口占律詩一〔三三〕篇，吟贈友人曰：

笑指〔三四〕闌干扣玉壺，林鴉驚散渚禽呼。

一江流水三更月，兩岸青山六代都。

富貴不來吾老矣，幽明無間子知乎？

傍人若問前程事，積善行仁不可誣〔三五〕。

滿身風露月〔三六〕茫茫，一片山光與水光。

鐵甕城邊人翫月，鬼門關外客還鄉。

功名不博詩千首，生死何殊夢一場！

賴有故人知此意，清談終夕對〔三七〕藤牀。

吟訖，搔首而言曰：「太上立德，其次立功，其次立言。僕生世之日，無德可稱，無功可述。然而著成集録，不下數百卷；作成文章，將及千餘篇。皆極深研幾，盡意而爲之者。奄忽以來，家事零替，内無應門之僮，外無好事之客〔三八〕，盜賊鄰佑〔三九〕之所攘竊，風雨鳥鼠〔四〇〕之所毁傷，十不存一，甚可惜也。伏望故人以憐才爲意〔四一〕，以恤交爲心，捐季子之寶劍，付堯夫之麥舟，用財於當行，施德於不報，刻之金石，繡於梧梓〔四二〕，庶幾千秋萬歲〔四三〕，不與草木同腐，此則故人之賜也，然未敢必焉〔四四〕。」友人許諾。顏大喜，捧觴拜獻，以致丁寧之意。已而東方漸曙，告别而去。友人歸吴中，訪其家，除散亡零落外，猶得遺文數百篇，並所著《考〔四五〕古録》、《通玄志》等書，亟命工鏤板，鬻之于肆，以廣其傳。顏復到致謝。自此往來無間，其家有吉凶之事、禍福之期〔四六〕，皆預〔四七〕報之。三年之後，友人感疾，顏來訪問，因謂曰：「僕備員修文府，月日已滿，當得舉代。冥間最重此職，尤難其選〔四八〕。君若不欲，則不敢强；萬一欲之，當得盡力。所以汲汲於此者，蓋欲報君鏤板之恩耳。人生會當有死，縱復强延數年，何可得居此地？」友人欣然許之〔四九〕，遂不復治療，數日而終。

〔一〕本篇收入《稗家粹編》卷四，《太平通載》卷六十七《夏顏》。清江堂本闕開篇至「此則故人之賜」，以上圖殘本參校。

〔二〕顏回　句解本作「顏淵」。

〔三〕仁義　句解本作「道義」。

〔四〕困　句解本作「屈」。

〔五〕文華之不逮　上圖殘本、句解本作「文章之不贍」。

〔六〕盡　上圖殘本、句解本作「逮」。

〔七〕不及　上圖殘本、句解本作「不敏」。
〔八〕情熟而交厚　句解本作「契厚」。
〔九〕乘　上圖殘本、句解本作「驅」。
〔一〇〕戴進賢冠曳蒼玉佩衮衣繡裳　上圖殘本、早期刊本同，句解本作「峨冠曳珮」。
〔一一〕氣象　句解本作「狀」。
〔一二〕十數　句解本無此二字。
〔一三〕供給之　上圖殘本、句解本作「其」。
〔一四〕大異　句解本作「非復」。
〔一五〕西　句解本作「北」，虞淳熙本作「南」。
〔一六〕早出　句解本作「早作」。
〔一七〕叙舊握手而語　句解本作「叙舊，執手款語」，上圖殘本作「執手叙舊款語」。
〔一八〕宛若　句解本作「不異」。
〔一九〕衣冠服佩　句解本作「衣服冠帶」。
〔二〇〕見問　上圖殘本、句解本作「下問」。
〔二一〕誠信之約　上圖殘本、句解本作「誠約」。
〔二二〕大勝　上圖殘本、句解本作「不減」。

〔二三〕門地　上圖殘本、句解本作「門第」。
〔二四〕枉用　上圖殘本、句解本作「躐取」。
〔二五〕飽　上圖殘本、句解本作「厭」。
〔二六〕用於上　上圖殘本、句解本作「顯於世」。
〔二七〕必當　上圖殘本、句解本作「必公」。
〔二八〕受其爵而享其禄者　上圖殘本、句解本作「受穹爵而享厚禄者」。
〔二九〕罹其禍　上圖殘本、句解本作「受其殃」。
〔三〇〕困於世而窮其身者　上圖殘本、句解本作「阨下位而困窮途者」。
〔三一〕杯　上圖殘本、句解本作「觥」。
〔三二〕倚欄佇立東西觀望　上圖殘本、句解本作「憑欄觀眺」。
〔三三〕二　原訛作「一」，黄正位本、《稗家粹編》同，據上圖殘本、句解本、虞淳熙本改。
〔三四〕指　黄正位、虞淳熙序本、《太平通載》、《稗家粹編》、上圖殘本同，句解本作「拍」。
〔三五〕不可誣　上圖殘本、句解本作「是坦途」。
〔三六〕月　上圖殘本、句解本作「夜」。
〔三七〕對　句解本作「據」。
〔三八〕外無好事之客　上圖殘本、句解本作「外絶知音之士」。

〔三九〕鄰佑　虞淳熙本、黄正位本、《太平通載》、《稗家粹編》、上圖殘本同，句解本無此二字。
〔四〇〕風雨鳥鼠　句解本作「蟲鼠」。
〔四一〕意　上圖殘本、句解本作「念」。
〔四二〕刻之金石繡於桐梓　句解本作「刻之桐梓，傳於好事」。
〔四三〕千秋萬歲　句解本無此四字。
〔四四〕然未敢必焉　上圖殘本、句解本、清江堂本作「興言及此，慚愧何勝」。
〔四五〕考　句解本作「汲」。
〔四六〕吉凶之事禍福之期　句解本作「吉凶禍福」。
〔四七〕預　句解本作「前期」。
〔四八〕尤難其選　句解本作「得之甚難」。
〔四九〕之　句解本、上圖殘本、清江堂本下有「遂處置家事」五字。

三山福地志〔一〕

元自實，山東人也。生而質鈍，不通詩書。家頗豐殖，以田莊爲業。同里有繆君者，除得閩中一官，缺少路費，於自實處假銀二百兩。自實以鄉黨相處之厚，不問其文券，如數貸之。至正末，山東大亂，自實爲群盜所劫，家計一空。時陳有定據守福建，七閩頗安。

自實乃挈妻孥，由海道趨福州，將訪繆君而投托焉。至則繆君果在有定幕下，當道用事，威權隆重，門户赫奕。自實大喜，然而患難之餘，跋涉道途，衣裘藍縷，容貌憔悴，未敢遽見也。乃於城中僦屋，安頓其妻孥，整飭其冠服，卜日而往。適值繆君之出，拜於馬首。初似不相識，及叙鄉井，通姓名，方始驚謝。即延之入室，待以賓主之禮。動問良久，啜茶而罷。明日再往，酒果三杯而已，落落無顧念之意，亦不言假銀之事。自實還家，旅寓荒凉，妻孥怨詈曰：「汝萬里投人，所幹何事？今爲三杯薄酒所買。即便不出一言，吾等何所望也？」自實不得已，明日再往訪焉，則似已厭之矣。自實方欲啓白，繆君遽言曰：「向者承借路費，銘心不忘，但一宦荒凉〔二〕，俸入微薄。故人遠至，豈敢辜恩？望以文券付還，即當如數陸續酬納也。」自實悚然曰：「與君舊同里閈〔三〕，自少交契深密，承命周急，素無文券，今日何爲出此言也？」繆君正色曰：「文券誠有之，但恐兵火之後，君失之耳。然券之有無，某亦不較，惟望寬其程限，使得致力焉。」自實唯唯而出，怪其言辭矯妄，負德若此。羝羊觸藩，進退惟谷。半月之後，再登其門，惟以温言接之，終無一錢之惠。展轉推托，遂及半年。市中有一小庵，自實往繆君居，適當其中路，每於門下憩息。庵主軒轅翁者，有道之士也。見之往來頗久，與之叙話，因而情熟。時值季冬，已迫新歲，自實窮居無聊，詣繆君之居，拜且泣曰：「新年〔四〕在邇，妻子饑寒，囊乏一錢，瓶無遺〔五〕粟。向者銀兩，今不敢求。但願掬斗水而活涸轍之枯，下壺飧而救緊桑之餓，此則故人之賜也。伏望憐之憫之，哀之恤之！」遂匍匐於地。繆君扶之於地，屈指計日之數，而告之曰：「更及一旬，當是除夕。君可于家專待，吾分禄米一石及錢二定，令人馳獻於宅，以爲過歲之資，幸勿以少爲怪。」且又再三叮嚀，幸勿他出以俟之。自實感謝而退，以繆君之言慰其妻子。至日，舉家懸望。自實端坐于牀，令稚子於巷外〔六〕覘之。須臾奔入曰：「有人負米至矣。」急出俟焉，逕越其廬而不顧。自實猶謂來人不識其家，趨往問之，則曰：「張員外之饋館賓者也。」默然而返。頃之稚子又入告曰：「有人携錢來矣。」急出迓焉，則過其門而不入。再往扣之，則曰：「李縣令之賻遊客者也。」憮然而慚。如是者凡數度。至晚，竟絶影響。明日歲旦矣，反爲所誤。粒米寸〔七〕薪，俱不及辦。妻子相向而哭。自實不勝其憤，陰礪白刃，坐以待旦。鷄鳴鼓絶，則逕投繆君之門，將候其出而刺之。是時震方未啓，道無行人，惟小庵中軒轅翁方明燭誦經〔八〕，當門而坐。見自實前行，有奇形異狀之鬼數十輩從之，或握刀劍，或執椎鑿，披露形體〔九〕，勢甚兇惡。一飯之頃，則自實復回，有金冠玉珮之士百餘人從之，或擎幢蓋，或舁旌幡，和容婉色，意甚安閑。軒轅翁叵測，謂其必死矣。誦經已罷，急往訪之，則自實固無恙坐定。軒轅翁問曰：「今日之晨，子將奚往？何其去之匆匆，而回之緩緩也？願一得聞。」自實不敢諱，具言：「繆君之無義，令我狼狽！今早實礪霜刃于懷，將殺之以快意，及至其門，忽自思曰：『彼實得罪於吾，妻子何尤焉？且又有老母在堂。今若殺之，其家何所依？寧人負我，毋我負人也。』遂隱忍而歸耳。」軒轅翁聞之，稽首而賀曰：「吾子將有後禄，神明已知之矣。」自實問其故。翁曰：「子一念之惡，而凶鬼至；一念之善，而福神臨。如影之隨形，如聲之應響，固知暗室之内，造次之間，不可銘心而爲惡，不可造罪而損德也。」因具言其所見而慰撫之，且以錢米少許周其急。然而自實終抑鬱不樂。至晚，遂投于三神山下八角井中。其中水忽然開闢，兩岸皆石壁萬仞〔一〇〕，中有狹路，僅通行履。自實捫壁而行，將數百步，壁盡路窮。出一衖口，則天地明朗，日月照臨，儼然别一世界也。見大宫殿，金書其榜曰「三山福地」。自實瞻仰而入，長廊晝静，古殿烟消，徘徊四顧，闃無人蹤。惟聞鐘磬之聲隱隱於雲外。饑餒頗甚，行不能前，因困卧石壇之側。忽一道士曳青霞之裾，搖〔一一〕明月之珮，至前〔一二〕呼之起，笑而問曰：「翰林舊識旅遊滋味薄乎？」自實拱而對曰：「旅遊滋味，則盡足矣。翰林之稱，一何誤乎？」道士曰：「子不憶草西蕃詔於興聖殿側乎？」自實曰：「某山東鄙人，布衣賤士，生世〔一三〕四十，目不知書。平生未嘗遊覽京國，何有草詔之説乎？」道士曰：「子應爲饑寒〔一四〕所惱，不暇記前事爾。」乃於袖中出梨、棗數枚，令食之。曰：「此所謂交梨、火棗也，食之當知過去、未來事。」自實食後，惺然明悟。因記爲學士時，草西蕃詔於大都興聖殿側，如昨日焉。遂請於道士曰：「某前世得何罪，而今日受此報耶？」道士曰：「子亦無罪，但在職之時，以文學自高，不肯汲引後進，今世令君愚懵而不識字；以爵位自尊，不肯接納遊士，故今世令君漂泊而無所投爾。」自實因指當世達官數人而問之曰：「某人爲丞相，而貪饕不止，賄賂公行，異日當受何報？」道士曰：「彼乃無厭鬼王，地下有十爐以鑄其横財，今亦福滿矣，當受幽囚之禍。」又問曰：「某人爲平章，而不戢軍士，殺害良民，異日當受何報？」道士曰：「彼乃多殺鬼王，有陰兵三百，皆銅頭鐵額，輔之以助其虐，今亦命衰矣，當受割截之殃。」又問：「某人爲監司，而刑罰不振；某人爲郡守，而賦役不均；某人爲宣慰，不聞所宣者何事；某人爲經略，不聞所略者何方。然則當受何報也？」道士曰：「此輩等皆以杻枷〔一五〕加其身，縲絏繫其頸，腐肉穢骨，待戮餘魂，何足筭也！」自實遂及〔一六〕繆君負債之事。道士曰：「彼乃王將軍之庫子，錢物豈可妄動耶？」道士因言：「不出三年，世運變革，大禍將至，甚可畏也。汝宜擇地而居，不則恐預池魚之殃。」自實乞指避兵之處。道士曰：「福清可矣。」久之又曰：「不若福寧。」言訖，謂自實曰：「汝到此久，家間懸望，今可歸矣。」自實告以無路，道士指一逕令其去，遂再拜而别。行二里許，於山後得一穴而出，到家則已半月矣。急携妻子，逕赴福寧村中，墾荒田數畝〔一七〕而居。揮鋤之際，錚然有聲，獲瘞銀四定，家遂稍康。其後張氏奪印，達丞相被囚，大軍臨城，陳平章遭擄，其官吏皆不保其首領，而繆君爲王將軍者所殺，家資皆歸之焉。以歲月計之，僅及三載，而道士之言悉驗矣。

〔一〕本篇被凌濛初《二刻拍案驚奇》卷二四《庵内看惡鬼善神　井中談前因後果》改編。
〔二〕荒凉　句解本、清江堂本作「蕭條」。
〔三〕舊同里閈　句解本、清江堂本作「共同鄉里」。
〔四〕新年　句解本、清江堂本作「新正」。
〔五〕遺　句解本、清江堂本作「儲」。
〔六〕巷外　句解本、清江堂本作「里門」。
〔七〕寸　句解本、清江堂本作「束」。
〔八〕誦經　句解本、清江堂本作「轉經」。
〔九〕披露形體　句解本、清江堂本作「披頭露體」。
〔一〇〕萬仞　句解本、清江堂本作「如削」。
〔一一〕摇　句解本、清江堂本作「振」。
〔一二〕至前　據句解本、清江堂本補。
〔一三〕世　句解本作「歲」。
〔一四〕飢寒　句解本、清江堂本作「飢火」。

〔一五〕枷　句解本、清江堂本作「械」。

〔一六〕遂及　句解本、清江堂本作「因舉」。

〔一七〕數畝　句解本、清江堂本作「治圃」。

華亭逢故人記〔一〕

松江士人有全、賈二子者，皆富有文學，豪放自得，嗜酒落魄，不拘小節，每以遊俠自任。至正末，張氏據有浙西，松江爲屬郡。二子往來其間，大言雄辯，旁若無人。豪門貴族〔二〕，望風承接，惟恐居後。全有詩曰：

華髮衝冠感二毛，西風凉透鷫鸘袍。
仰天不敢長吁氣，化作虹霓萬丈高。

賈亦有詩曰：

四海干戈未息肩，書生豈合老林泉！
袖中一把龍泉劍，撐拄東南半壁天。

其詩大率類是，人皆〔三〕信其自負。

吴元年，國兵圍姑蘇，未拔。上洋人錢鶴皋起兵援張氏。二子自以嚴莊、高尚〔四〕爲比，杖策登門，參其謀議，遂陷嘉興等郡。未幾而師潰，皆赴水死。

洪武四年春〔五〕，華亭士人石若虛，有故出近郊。素與二子友善，忽遇之於途，隨行僮僕數人，氣像儼如平昔。迎謂若虛曰：「石君無恙乎？」若虛忘其已死，與之揖讓班荊而坐於野，談論逾時。全忽慨然長歎曰：「諸葛長民有言：『貧賤長思富貴，富貴復履危機。』此語非確論。苟慕富貴，危機豈能避？世間寧有揚州鶴耶？丈夫不能流芳百世，亦當遺臭萬年。劉黑闥既立爲漢東王，臨死乃曰：『我幸在家鋤菜，爲高雅賢輩所誤至此！』陋哉斯言，足以發千古一笑也！」賈曰：「黑闥何足道！如漢之田橫、唐之李密，亦可謂鐵中錚錚者也。横始與漢祖俱南面稱孤，耻復〔六〕稱臣，於是逃居海島，可以死矣，乃眩於大王小侯之語，行至東都而死。密之起兵，唐祖以書賀之，推爲盟主，自稱老髦〔七〕，及兵敗入關，乃望以臺司見處，其無智識如此！大丈夫死即死爾，何忍向人喉下取氣乎？夫韓信建炎漢之業，卒受誅夷；劉文静〔八〕啓晋陽之謀〔九〕，終加戮辱。彼之功臣〔一〇〕尚爾，於他人何有哉！」全曰：「駱賓王佐李敬業起兵，檄武氏之惡。及兵敗也，復能優遊靈隱，詠桂子天香之句。黄巢擾亂唐室，罪不容誅。至于事敗，乃能削髮披緇，逃遁蹤跡，題詩云：『鐵衣着盡着僧衣。』若二人者，身爲首惡，而終能脱禍，可謂智術之深矣。」賈笑曰：「審如此，吾等當愧之矣！」全遽曰：「故人在坐，不必閑論他事，徒增傷感。」因解所御緑裘，令僕於近村質酒而飲。酒至，飲數行。若虚請於二子曰：「二公平日篇章，播在人口，今日之會，可無佳什以記之乎？」於是籌思移時，全詩先成，即吟曰：

幾年兵火接天涯，白骨叢中度歲華。
杜宇有冤能泣血，鄧攸無子可傳家。
當時自詫遼東豕，今日翻成井底蛙。
一片春光誰是主，野花開滿蒺藜沙。

賈亦繼吟曰：

漠漠荒郊鳥倦飛，人民城郭歎都非。
愁纏病骨何須葬，血污遊魂不得歸。
麥飯無人作寒食，綈袍有淚哭斜暉。
生存零落皆如此，惟恨平生雅志違。

吟訖，若虚駭曰：「二公平日吟作，極其豪宕，今日之作何其哀傷之過，與疇昔大不類耶？」二子相顧無語，但愀然長歎數聲。須臾酒罄，告别而去。行及數步，闃無所見。若虚大驚，始悟其死已久矣。但見林梢烟暝，嶺首日沉，烏啼鵲噪於叢林老樹之間而已。急投前村酒家，訪其所以，取質酒之裘視之，則應手紛紛而碎，若蝶翅之摶風焉。若虚遂借宿酒家，明日急回，其後再不敢經由是路矣。

〔一〕本篇收入《太平通載》卷六十七，改題《全賈二子》。虞淳熙序本删本篇。
〔二〕貴族　句解本、清江堂本作「巨族」。
〔三〕皆　句解本、清江堂本、《太平通載》作「益」。
〔四〕高尚　章甫言本、清江堂本、黄正位本作「高讓」。句解本、《太平通載》作「尚讓」。按：史無「高讓」之名。據新、舊《唐書》黄巢本傳、安禄山本傳和高尚本傳，尚讓爲黄巢謀臣，高尚、嚴莊爲安禄山謀主。高尚「頗篤學，贍文詞。嘗歎息謂汝南周銑曰：『高不危（筆者注：不危爲高尚原名）寧當舉事而死，終不能咬草根以求活耳！』」與文中全生語「丈夫不能流芳百世，亦當遺臭萬年」、賈生語「大丈夫死即死爾，何忍向人喉下取氣乎？」非常近似，形象更接近。按行文邏輯和語意，此處應該是指嚴莊、高尚二人。《唐語林》卷二《文學》：「及禄山陷長安，用嚴、高計。」或許瞿佑在高尚、尚讓二者之間曾有過猶豫、塗改，導致底本模糊，在傳抄過程中輾轉訛變爲「高讓」。句解本明確改成尚讓，有其合理性，但作「嚴莊、高尚」似更貼合。
〔五〕春　句解本、清江堂本無此字。
〔六〕復　句解本、清江堂本作「更」。
〔七〕自稱老髦　句解本、清江堂本無此四字。
〔八〕劉文静　原作「劉文靖」，《太平通載》、黄正位本同，據句解本、清江堂本改。新、舊《唐書》本傳作「劉文静」。

〔九〕謀　句解本、清江堂本作「祚」。

〔一〇〕功臣　原作「功名」，《太平通載》、黄正位本同，據句解本、清江堂本改。

剪燈新話附録

秋香亭記〔一〕

至正間，有商生者，隨父宦遊浙西〔二〕，寓居吴郡〔三〕。其鄰則弘農楊氏宅也。楊氏乃延祐大詩人浦城公之裔。浦城娶於商，其孫女名采采，與生姑表〔四〕兄妹也。浦城已没，商氏尚存。生自幼以聰敏爲戚黨所稱〔五〕。商氏即生之祖姑也〔六〕。嘗撫生指采采謂曰：「汝宜益加進修，吾孫女誓不適他族，當令事汝。蓋欲繼二姓之歡〔七〕，永以爲好也。」其父母樂聞此語，喜而從命〔八〕，即欲歸之。而生嚴親以生年幼，恐其怠於筆硯〔九〕，請俟他日。是時生始弱冠，女年及笄，日相嬉戲於宅中秋香亭上〔一〇〕。有二大桂樹，垂陰婆娑。中秋之夕，家人會飲〔一一〕，生、女私於其下誓心〔一二〕焉。自後女年稍長，不復至宅，每歲時伏臘，僅以兄妹禮見於中堂而已。閨閣深邃，莫能致其情。後一歲，亭前桂花盛〔一三〕開，女以折花爲名，以碧瑶箋書絶句二首，令侍婢香香〔一四〕持以授生，屬生繼和。詩曰：

秋香亭上桂花香〔一五〕，幾度風吹在〔一六〕繡房。
自恨人生不如樹，朝朝腸斷屋西墻！

秋香亭上桂花舒，用意殷勤種兩株。
願得他年如此樹，錦裁步障護明珠。

生得之驚喜，遂口占二首，書以奉答，付婢持去。詩曰：

深盟密約兩情勞，猶有餘香惹翠袍〔一七〕。
記得去年携手處，秋香亭上月輪高。

高栽〔一八〕翠柳隔芳園，牢織金籠貯彩鸞〔一九〕。
忽有書來傳好語，秋香亭上鵲聲喧。

生始慕其色而已，不知其才華之若是也。既見二詩，驚喜欲狂。但翹首企足以待結褵之期耳，不記其他也。女後以多情致疾，恐生不知其眷戀之誠〔二〇〕，乃以吴綾帕題一絶於上，令婢持以贈生。詩曰：

羅帕薰香〔二一〕病裏頭，眼波嬌溜滿眶秋。
風流不與愁相約，纔到風流便有愁。

生感歎再三，未及酬和。適高郵張氏兵起，三吴擾亂。生父挈家南歸錢塘〔二二〕，展轉岃乩〔二三〕、四明以避亂。女家亦北徙金陵，音耗不通者十載〔二四〕。洪武初元〔二五〕，國朝統一，區夏道途、行李往來無阻〔二六〕。時生父已没，獨奉母居錢塘故址。遣舊使蒼頭，往金陵物色之，則女已〔二七〕適太原王氏，生一子矣。蒼頭回報，生雖悵然絶望，然終欲一致款曲於女，以道達其情。遂市剪綵花二盝，紫綿脂百餅。以其負約，不復作書，止令齎二物往，以通音問。蒼頭至門，趦趄進退，未敢遽入也。值女垂簾獨立，見其行止，亦頗識之，遽搴簾呼問曰：「得非商兄家舊人也？」蒼頭曰諾。遂以二物進，並致生意。女動問良久，淚數行下。乃剪烏絲襴〔二八〕，爲簡回生〔二九〕。曰：

伏承來使，具述綢繆〔三〇〕。昔日歡情，一旦終阻。自遭喪亂，十載于兹〔三一〕。祖母辭堂，先君棄室〔三二〕。煢然形影，四顧無依〔三三〕。欲終守前盟，則鱗鴻永絶；欲逕行小諒，則溝瀆莫知。不幸委身從人，苟延微命〔三四〕。雖應酬之際，强爲笑歡；而岑寂之中，不勝傷感。追思舊事，恍若前朝。華翰銘心，佳音在耳。每孤燈夜永，落葉秋高，往往目斷遥天，情牽異域〔三五〕。半衾未煖，幽夢難通；一枕纔欹，驚魂又散〔三六〕。豈意高明不棄，撫念過深，加沛澤以旁施，廣餘光而下照〔三七〕。採葑菲之下體，托蘿葛之微蹤。復致耀首之華，膏唇之飾，衰容非故，厚惠何施？雖荷殊恩，愈懷深愧〔三八〕！蓋自近歲以來〔三九〕，形銷體削，面目可憎，覽鏡徘徊，自疑非我〔四〇〕。兄若見之，亦將賤惡而棄去，尚何矜恤之有哉？倘恩情未盡，當結因緣〔四一〕於來世矣〔四二〕。没身之恨，懊歎何言。拜會無期，憂思靡竭，惟宜自保以冀遠圖，無以此爲深念也〔四三〕。臨楮嗚咽，情不能伸〔四四〕，復作律詩一章〔四五〕，上瀆清覽。苟或察其詞而恕其意，使篋扇懷恩、綈袍戀德，則雖死之日，猶生之年也〔四六〕。詩曰：

好因緣是惡因緣，只怨干戈不怨天。
兩世玉簫思再合，何時金鏡得重圓？
彩鸞舞後腸空斷，青雀飛來信不傳。
安得神靈如倩女，芳魂容易到君邊！

生得書，置之巾箱，每一展翫，則鬱鬱不樂者累日，蓋終不能忘情焉爾。遂次其詩韻以見意〔四七〕云：

秋香亭上舊因緣，長記中秋半夜天。
鴛枕沁紅妝淚濕，鳳衫凝碧唾花圓。
斷弦無復鸞膠續，舊盒虛勞蝶使傳。
惟有當時端正月，清光能照兩人邊〔四八〕。

生之友山陽瞿佑，與生同里，往來最熟〔四九〕，備知其詳，既以理諭之，復作《滿庭芳》一闋以釋其情〔五〇〕云。詞曰：

月老難憑，星期易阻，御溝紅葉堪摽〔五一〕。辛勤種玉，擬弄鳳凰簫。可惜國香無主，儘零落、路口山腰〔五二〕。尋春晚，緑陰清晝〔五三〕，鶗鴂已無聊。　藍橋雖不遠，世無磨勒，誰盜紅綃？悵歡蹤永隔，離恨難消！回首秋香亭上，雙桂老，落葉飄飄。相思債，還他未了，腸斷可憐宵！

又敘其始終離合之跡〔五四〕，以附于古今傳記〔五五〕之末，使多情者覽之，則章臺柳折，佳人之恨無窮；仗義者聞之，則茅山藥成，俠士之心有在，又安知其終如此而已也！

〔一〕本篇收入《稗家粹編》卷二、《萬錦情林》卷二、林本《燕居筆記》卷七、余本《燕居筆記》卷七。句解本、清江堂本近同，黄正位本、《稗家粹編》、《萬錦情林》、林編《燕居筆記》和余編《燕居筆記》等選本幾近，然句解本等與底本等之間文字差異甚大。早稻田大學圖書館藏黄正位本闕開頭至「種兩株願得」，無法參校。

〔二〕浙西　虞淳熙本、余本《燕居筆記》同，《稗家粹編》作「浙江」，清江堂本、句解本作「姑蘇」。

〔三〕寓居吴郡　清江堂本、句解本作「僑居烏鵲橋」。

〔四〕姑表　清江堂本、句解本作「中表」。

〔五〕生自幼以聰敏爲戚黨所稱　清江堂本、句解本作「生少年氣禀清淑，性質温粹，與采采俱在童丱」。

〔六〕也　清江堂本、句解本下有「每讀書之暇，與采采共戲於庭，爲商氏所鍾愛」。

〔七〕蓋欲繼二姓之歡　清江堂本、句解本作「以續二姓之親」。

〔八〕喜而從命　清江堂本、句解本無此四字。

〔九〕筆硯　清江堂本、句解本作「學業」。

〔一〇〕是時生始弱冠女年及笄日相嬉戲於宅中秋香亭上　清江堂本、句解本作「生女因商氏之言，倍相憐愛。數歲，遇中秋月夕，家人會飲沾醉，遂同遊於生宅秋香亭上」。

〔一一〕中秋之夕家人會飲　清江堂本、句解本作「花方盛開，月色團圓，香氣穠馥」。

〔一二〕誓心　清江堂本、句解本作「語心」。

〔一三〕盛　清江堂本、句解本作「始」。

〔一四〕香香　清江堂本、句解本作「秀香」。

〔一五〕香　清江堂本、句解本作「芳」。

〔一六〕在　清江堂本、句解本作「到」。

〔一七〕惹翠袍　清江堂本、句解本作「在舊袍」。

〔一八〕栽　黄正位本、《稗家粹編》作「裁」。

〔一九〕鸞　清江堂本、句解本作「鴛」，《稗家粹編》訛作「妍」。

〔二〇〕誠　清江堂本、句解本作「情」。

〔二一〕香　《稗家粹編》作「風」。

〔三二〕錢塘　清江堂本、句解本作「臨安」。

〔三三〕岁乩　黄正位本、虞淳熙序本、余本《燕居筆記》同，清江堂本、句解本、《稗家粹編》作「會稽」。二者係不同寫法。參見《鑑湖夜泛記》注二。按：徐伯齡《蟫精雋》卷四《吕城懷古》（文淵閣四庫全書本）云：「生值元末兵燹間，流離四明，岁亂姑蘇。」此處「岁亂」應是「岁乩」（會稽）二字形近而訛。

〔三四〕十載　原作「二載」，黄正位本、虞淳熙序本、《稗家粹編》、余本《燕居筆記》同，據下文和清江堂本、句解本改。按：張士誠至正十三年（一三五三）起兵，十六年（一三五六）據湖州、常州、杭州，一三六七年被朱元璋消滅，時間上確有十年之久。但商生與采采之間「音耗不通者」，或許真的只有二年。

〔三五〕洪武初元　清江堂本、句解本作「吴元年」。

〔三六〕國朝統一區夏道途行李往來無阻　清江堂本、句解本作「國朝混一，道路始通」。

〔三七〕已　清江堂本、句解本作「以甲辰年」。按：甲辰年爲至正二十四年（一三六四），瞿佑此年十七歲，其父去世。

〔三八〕襴　原作「欄」，黄正位本同，據虞淳熙本、清江堂本、句解本改。

〔三九〕「以其負約」至「爲簡回生」　清江堂本、句解本作「遣蒼頭齎往遺之。恨其負約，不復致書，但以蒼頭已意托交親之故，求一見以覘其情。王氏亦金陵巨室，開彩帛鋪於市。適女垂簾獨立，見蒼頭趑趄於門，遽呼之曰：『得非商兄家舊人耶？』即命之入，詢問動静，顔色慘怛。蒼頭以二物進，女怪其無書，具述生意以告。女吁嗟抑塞，不能致辭。以酒饌待之，約其明日再來敘話。蒼頭如命而往。女剪烏絲襴，修簡遺生」。

〔三〇〕具述綢繆　清江堂本、句解本作「具述前因」。

〔三一〕昔日歡情一旦終阻自遭喪亂十載于兹　清江堂本、句解本作「天不成全，事多間阻。蓋自前朝失政，列郡受兵。大傷小亡，弱肉强食。薦遭禍亂，十載于此。偶獲生存，一身非故。東西奔竄，左右逃逋」。

〔三二〕棄室　清江堂本、句解本作「捐館」。

〔三三〕煢然形影四顧無依　清江堂本、句解本作「避終風之狂暴，慮行露之沾濡」。

〔三四〕苟延微命　清江堂本、句解本作「延命度日。顧伶俜之弱質，值屯蹇之衰年，往往對景關情，逢時起恨」。

〔三五〕每孤燈夜永落葉秋高往往目斷遥天情牽異域　清江堂本、句解本無此十九字。

〔三六〕散　清江堂本、句解本下有「視容光之減舊，知憔悴之因郎；悵後會之無由，嘆今生之虚度」二十四字。

〔三七〕廣餘光而下照　清江堂本、句解本作「回餘光以反照」。

〔三八〕雖荷殊恩愈懷深愧　清江堂本、句解本作「雖荷恩私，愈增慚愧」。

〔三九〕蓋自近歲以來　清江堂本、句解本作「而況邇來」。

〔四〇〕「面目可憎」至「自疑非我」　句解本作「食減心煩，知來日之無多，念此身之如寄」。

〔四一〕因緣　清江堂本、句解本作「伉儷」。

〔四二〕矣　清江堂本、句解本下有「續婚姻於後世爾」。

〔四三〕「没身之恨」至「無以此爲深念也」　清江堂本、句解本無此三十一字。

〔四四〕情不能伸　清江堂本、句解本作「悲不能禁」。

〔四五〕復作律詩一章　清江堂本、句解本作「復製五十六字」。

〔四六〕采采與商生的修書，明顯受到元稹《鶯鶯傳》中崔氏與張生書信的影響：「捧覽來問，撫愛過深。兒女之情，悲喜交集。兼惠花勝一合，口脂五寸，致耀首膏唇之飾。雖荷殊恩，誰復爲容？覩物增懷，但積悲嘆耳。伏承使於京中就業，進修之道，固在便安。但恨僻陋之人，永以遐棄。命也如此，知復何言！自去秋以來，常忽忽如有所失。於喧嘩之下，或勉爲語笑，閑宵自處，無不淚零。乃至夢寐之間，亦多感咽離憂之思。綢繆繾綣，暫若尋常。幽會未終，驚魂已斷。雖半衾如暖，而思之甚遥。一昨拜辭，倏逾舊歲。長安行樂之地，觸緒牽情，何幸不忘幽微，眷念無斁。鄙薄之志，無以奉酬。至於終始之盟，則固不忒。鄙昔中表相因，或同宴處，婢僕見誘，遂致私誠。兒女之心，不能自固。君子有援琴之挑，鄙人無投梭之拒。及薦寢席，義盛意深。愚陋之情，永謂終托。豈期既見君子，而不能定情，致有自獻之羞，不復明侍巾幘。没身永恨，含嘆何言！倘仁人用心，俯遂幽眇，雖死之日，猶生之年。如或達士略情，捨小從大，以先配爲醜行，以要盟爲可欺，則當骨化形銷，丹誠不泯，因風委露，猶托清塵。存没之誠，言盡於此。臨紙嗚咽，情不能申。千萬珍重，珍重千萬！玉環一枚，是兒嬰年所弄，寄充君子下體所佩。玉取其堅潤不渝，環取其終始不絶。兼亂絲一絇，文竹茶碾子一枚。此數物不足見珍，意者欲君子如玉之貞，弊志如環不解。淚痕在竹，愁緒縈絲。因物達情，永以爲好耳。心邇身遐，拜會無期。幽憤所鍾，千里神合。千萬珍重！春風多厲，强飯爲嘉。慎言自保，無以鄙爲深念。」

〔四七〕「置之巾箱」至「見意」　清江堂本、句解本作「雖無復致望，猶和其韻以自遣」；《稗家粹編》無「蓋終不能忘情焉爾」八字。

〔四八〕邊　清江堂本、句解本下有「並其書，藏巾笥中，每一覽之，輒寢食俱廢者累日，蓋終不能忘情焉爾」。

〔四九〕與生同里往來最熟　清江堂本、句解本無此八字。

〔五〇〕釋其情　清江堂本、句解本作「著其事」。

〔五一〕摽　清江堂本、句解本作「燒」。

〔五二〕儘零落路口山腰　清江堂本、句解本作「零落盡、露蕊烟條」。

〔五三〕清晝　清江堂本、句解本作「青子」。

〔五四〕又叙其始終離合之跡　清江堂本、句解本作「仍記其始末」。

〔五五〕傳記　黄正位本、虞淳熙本、《稗家粹編》同，清江堂本、句解本作「傳奇」。「傳記」與「傳奇」之異，或許可以揭示瞿佑的文藝觀變遷，即對《剪燈新話》的文體定位問題。早期瞿佑認爲自己所作是「傳記」，晚年才改稱「傳奇」。但是人們還是將《剪燈新話》視作傳記體。如胡子昂《〈剪燈新話〉卷後記》：「就中外誤頗多，特爲旁注詳明，遂俾舊述傳記，如珠聯玉貫，焕然一新，斯文之幸耶！」《百川書志》卷六著録《剪燈新話》：「錢塘瞿佑宗吉著，古傳記之派也。」

附：句解本《秋香亭記》

洪武十一年（一三七八），瞿佑完成《剪燈新話》，時年三十二歲。永樂十七年（一四一九），兵部尚書趙玒「按臨關外」時，委托唐岳索要《秋香亭記》，瞿佑時已七十三歲。在「舊本失之已久」、距《剪燈新話》成書已經四十二年的情况下，瞿佑「書之以奉」，只能是憑記憶來重寫了。永樂十九年正月，瞿佑時年七十五歲，爲胡子昂重校《剪燈新話》時，毫無疑問會將永樂十七年的「修改」保存到晚年定本中。《剪燈新話》其他篇目多有語句變動，但是没有《秋香亭記》的力度大，其原因就是永樂十七年的重寫，事實上形成了兩種版本的《秋香亭記》。爲便觀覽，特將日本内閣文庫藏句解本《秋香亭記》迻録如下。

至正間，有商生者，隨父宦遊姑蘇，僑居烏鵲橋，其鄰則弘農楊氏第也。楊氏乃延祐大詩人浦城公之裔。浦城娶於商，其孫女名采采，與生中表兄妹也。浦城已歿，商氏尚存。

生少年，氣禀清淑，性質温粹，與采采俱在童丱。商氏即生之祖姑也。每讀書之暇，與采采共戲於庭，爲商氏所鍾愛。嘗撫生指采采謂曰：「汝宜益加進修，吾孫女誓不適他族，當令事汝，以續二姓之親，永以爲好也。」女父母樂聞此言，即欲歸之，而生嚴親以生年幼，恐其怠於學業，請俟他日。生、女因商氏之言，倍相憐愛。

數歲，遇中秋月夕，家人會飲沾醉，遂同遊於生宅秋香亭上。有二桂樹，垂陰婆娑，花方盛開，月色團圓，香氣穠馥。生、女私於其下語心焉。是後，女年稍長，不復過宅，每歲節伏臘，僅以兄妹禮見於中堂而已。閨閣深邃，莫能致其情。後一歲，亭前桂花始開，女以折花爲名，以碧瑶箋書絶句二首，令侍婢秀香持以授生，囑生繼和。詩曰：

秋香亭上桂花芳，幾度風吹到繡房。
自恨人生不如樹，朝朝腸斷屋西墻！

秋香亭上桂花舒，用意殷勤種兩株。

願得他年如此樹，錦裁步障護明珠。

生得之，驚喜。遂口占二首，書以奉答，付婢持去。詩曰：

深盟密約兩情勞，猶有餘香在舊袍。
記得去年携手處，秋香亭上月輪高。

高栽翠柳隔芳園，牢織金籠貯彩鴛。
忽有書來傳好語，秋香亭上鵲聲喧。

生始慕其色而已，不知其才之若是也。既見二詩，大喜欲狂。但翹首企足以待結褵之期，不計其他也。女後以多情致疾，恐生不知其眷戀之情，乃以吴綾帕題絶句于上，令婢持以贈生。詩曰：

羅帕薰香病裹頭，眼波嬌溜滿眶秋。
風流不與愁相約，纔到風流便有愁。

生感嘆再三，未及酬和。適高郵張氏兵起，三吴擾亂。生父挈家南歸臨安，輾轉會稽、四明以避亂。女家亦北徙金陵。音耗不通者十載。吴元年，國朝混一，道路始通。時生父已殁，獨奉母居錢塘故址。遣舊使老蒼頭往金陵物色之，則女以甲辰年適太原王氏，有子矣。蒼頭回報，生雖悵然絶望，然終欲一致款曲於女，以導達其情。遂市剪綵花二盝，紫綿脂百餅，遣蒼頭齎往遺之。恨其負約，不復致書，但以蒼頭己意，托交親之故，求一見以覘其情。王氏亦金陵巨室，開彩帛鋪於市。適女垂簾獨立，見蒼頭趦趄於門，遽呼之曰：「得非商兄家舊人耶？」即命之入，詢問動静，顔色慘怛。蒼頭以二物進，女怪其無書，具述生意以告。女吁嗟抑塞，不能致辭。以酒饌待之，約其明日再來叙話。蒼頭如命而往。女剪烏絲襴，修簡遺生。曰：

伏承來使，具述前因。天不成全，事多間阻。蓋自前朝失政，列郡受兵。大傷小亡，弱肉强食。薦遭禍亂，十載于此。偶獲生存，一身非故。東西奔竄，左右逃逋。祖母辭堂，先君捐館。避終風之狂暴，慮行露之沾濡。欲終守前盟，則鱗鴻永絶；欲徑行小諒，則溝瀆莫知。不幸委身從人，延命度日。顧伶俜之弱質，值屯蹇之衰年，往往對景關情，逢時起恨。雖應酬之際，勉爲笑歡；而岑寂之中，不勝傷感。追思舊事，如在昨朝。華翰銘心，佳音屬耳。半衾未煖，幽夢難通；一枕才欹，驚魂又散。視容光之減舊，知憔悴之因郎；悵後會之無由，嘆今生之虚度！豈意高明不棄，撫念過深，加沛澤以滂施，回餘光以反照，採葑菲之下體，記蘿蔦之微蹤。復致耀首之華，膏脣之飾。衰容頓改，厚惠何施？雖荷恩私，愈增慚愧！而况邇來形銷體削，食減心煩，知來日之無多，念此身之如寄。兄若見之，亦當賤惡而棄去，尚何矜恤之有焉！倘恩情未盡，當結伉儷於來生，續婚姻於後世爾！臨楮嗚咽，悲不能禁。復製五十六字，上瀆清覽。苟或察其辭而恕其意，使篋扇懷恩，綈袍戀德，則雖死之日，猶生之年也。詩云：

好因緣是惡因緣，只怨干戈不怨天。
兩世玉簫猶再合，何時金鏡得重圓？
彩鸞舞後腸空斷，青雀飛來信不傳。
安得神靈如倩女，芳魂容易到君邊！

生得書，雖無復致望，猶和其韻以自遣云：

秋香亭上舊因緣，長記中秋半夜天。
鴛枕沁紅妝淚濕，鳳衫凝碧唾花圓。
斷弦無復鸞膠續，舊盒空勞蝶使傳。
惟有當時端正月，清光能照兩人邊。

併其書藏巾笥中。每一覽之，輒寢食俱廢者累日，蓋終不能忘情焉爾。生之友山陽瞿佑備知其詳，既以理諭之，復製《滿庭芳》一闋，以著其事。詞曰：

月老難憑，星期易阻，御溝紅葉堪燒。辛勤種玉，擬弄鳳凰簫。可惜國香無主，零落盡、露蕊烟條。尋春晚，緑陰青子，鶗鴂已無聊。藍橋雖不遠，世無磨勒，誰盜紅綃？悵歡蹤永隔，離恨難消！回首秋香亭上，雙桂老，落葉飄飖。相思債，還他未了，腸斷可憐宵！

仍記其始末，以附於古今傳奇之後。使多情者覽之，則章臺柳折，佳人之恨無窮；仗義者聞之，則茅山藥成，俠士之心有在，又安知其終如此而已也！

附録一　西閣寄梅記

《西閣寄梅記》，載《艷異編》卷二十七，依例不題撰人。《青泥蓮花記》卷八收録，未題撰人和未標出處。秦淮寓客《緑窗女史》、自好子《剪燈叢話》及《古今圖書集成》俱題瞿佑撰。然學界意見不一。該小説寫得較爲平實，風格不類《剪燈新話》。高儒《百川書志》卷六著録《剪燈新話》二十一篇，應不含本篇。然瞿佑曾編輯《剪燈録》四十卷等，今已散佚。《西閣寄梅記》或出自該書，亦未可知。周楞伽校注本曾附録，此次整理仍贅于後，以資參閲。文字以《古本小説集成》本《艷異編》爲準。

朱端朝，字廷之。宋南渡後，肄業上庠。與妓馬瓊瓊者，往來久之，情愛稠密，馬屢以終身之托爲言。朱雖曰從，而心不許之，蓋以妻性嚴謹，不敢主盟，非薄倖也。端朝文華富贍，瓊瓊知其非白屋久居之人，遂傾心。凡百費用，皆瓊瓊給之。時秋試高中，捷報之來，瓊瓊喜而勞之。端朝乃淬勵省業，以决春闈之勝。既而到省愜意，翌日揭榜，果中優等。及廷對之策，失之太訐（《青泥蓮花記》作「訐」），遂寘下甲，初注授南昌尉。瓊瓊力致懇曰：「妾風塵卑賤（據《青泥蓮花記》補賤字）之人，荷君未遽棄去。今幸榮登仕版，行將雲泥隔絶，無復奉承枕席。妾之一身，終淪棄矣。誠可憐憫，欲望君與謀脱籍之計，永執箕箒。然因君内政嚴謹，妾當小心伏事，無敢唐突。萬一脱此業緣，受賜於君，誠不淺淺耳。且妾之箱篋稍充，若與力圖去籍，誠爲不難。」端朝曰：「去籍之計，固可主張。但恐不能與家人相處，使其無妒忌之態。」端朝爲計，亦不至今日。盛意既濃，沮之則近無情，從之則虞有辱。然既出汝中心，即容與調護。先入數語，使其和同柔順，庶彼此得以相安。否則端朝之計，無所施矣。」

一夕，端朝因間謂其妻曰：「我久居學舍，雖近得一小官，外人誠有助焉。且我家貧，急於干禄，豈得待數年之闕。我所得一官，實出妓子馬瓊瓊之賜。今彼欲傾箱篋，求托於我，仍謀去籍，彼亦能小心迎合人意。脱彼於風塵之間，此亦仁人之恩也。」其妻曰：「君意已決，亦復何辭。」端朝喜謂瓊瓊曰：「初畏家人不從，吾言試一叩之，乃忻然相許。」端朝於是宛轉求托，而瓊瓊花籍亦得脱去。瓊遂搬囊橐，與端朝俱歸其家。

既至門，其正室一見如故。端朝自是得瓊瓊所携，而家遂稍豐。因整理一區，中闢二閣，以東、西扁名。東閣正屋居之，乃令瓊瓊處於西閣，後止有東、西閣相通同處。倏經三載，闕期已滿，迓吏前至。端朝以路遠俸薄，不肯携累，乃單騎赴任。將行，置酒與東、西閣相宴，因祝曰：「凡此去，或有家信來往，東閣、西閣不能別書，止混同一緘。復書亦如之。」言畢，端朝獨之南昌，在路登涉稍艱。

既到南昌，參州交印，謁廟受賀，復禮人事方畢，而巡警繼至。倏經半載，乃得家信。止東閣有書，而西閣無之。端朝亦不介意。復書中但諭及東閣寬容之意，仍指西閣奉承之勤。書至，竟不及見。且曰：「縣尉之行也，嘗曰作書回字，當與二閣共之。今乃不獲覩，此何意也？」東閣聞（原作「開」，據《青泥蓮花記》改）言，頗嫉之，欲去而未可。西閣乃密遣一僕，厚給裹足，授以書，祝之曰：「勿令東閣孺人知之。」及書至南昌，端朝開緘，絶無一字，止見雪梅扇面而已。因反覆觀翫，及於後寫一詞名《減字木蘭花》云：

雪梅妒色，雪把梅花相抑勒。梅性温柔，雪壓梅花怎起頭？　芳心欲訴，全仗東君來作主。傳語東君，早與梅花作主人。

端朝詳味詞中之意，則知西閣爲東閣摧挫可知矣。自是坐卧不安，日夜思欲休官，賦歸去來之計。蓋以僥倖一官，皆西閣之力，不忘本也。後竟以尋醫爲名，而棄官歸來。

既至家，而東西二閣相與出迎，深怪其未及書考，忽作歸計。叩之不答。既而端朝置酒，會二閣而言曰：「我僥倖一官，羈迷千里，所望二閣在家和順相容，使我居官少安。昨日見西閣所寄梅扇後書《減字木蘭花》一首，讀之使人不遑寢食，吾安得而不歸哉？」東閣乃曰：「君今仕矣，且與妾判斷此事，據西閣詞中所説，梅花孰是？」端朝曰：「此非口舌所能剖判，當取紙筆來，書其是非曲直。」遂作《浣溪沙》一闋，以示二閣云：

梅正開時雪正狂，兩般幽韻孰優長？且宜持酒細端詳。梅比雪花多一出，雪如梅蕊少些香。花公非是不思量。

自後二閣歡會如初，而端朝亦不復出仕矣。

附録二 《剪燈新話》相關序跋

《剪燈新話》相關序跋，今見十一篇。

主要産生於四個時期。一是創作完成後瞿佑自序。存瞿佑洪武十一年（一三七八）自序。二是訓導期間瞿佑邀人作序。存凌雲翰洪武十三年（一三八〇）序、吴植洪武十四年（一三八一）引、金冕洪武十四年跋、桂衡洪武二十二年（一三八九）序等。三是重校期間序跋。存胡子昂永樂十八年（一四二〇）卷後紀、晏璧永樂十八年《秋香亭記》跋、唐岳永樂十八年跋、瞿佑永樂十九年（一四二一）後序等。四是朝鮮句解本刊刻期間序跋。存林芑嘉靖三十八年（一五五九）跋、尹春年嘉靖四十三年（一五六四）跋等。尹春年跋係日本文人林羅山（信勝）於日本慶長七年抄録。

今見章甫言刻本、黄正位校本、虞淳熙序本等早期抄刻本，僅收瞿佑自序，其他序跋均删落。上圖殘本、清江堂本無序跋。瞿暹刊刻《剪燈新話》時，應彙輯了凌雲翰序，吴植引，金冕跋，桂衡序，胡子昂卷後紀，晏璧、唐岳跋，瞿佑後序等。朝鮮和日本句解本及其翻刻本，則在瞿暹基礎上增補林芑跋、尹春年跋等，然數量不一，甚至有序跋俱無者。

本次整理，文字從日本内閣文庫句解本，並參校韓國奎章閣句解本。

《剪燈新話》序

昔陳鴻作《長恨傳》並《東城老父傳》，時人稱其有史才，咸推許之。及觀牛僧孺之《玄怪録》、劉斧之《青瑣集》，則又述奇紀異，其事之有無不必論，而其製作之體，則亦工矣。鄉友瞿宗吉氏著《剪燈新話》，無乃類是乎？宗吉之志確而勤，故其學也博；其才充而敏，故其文也贍。是編雖稗官之流，而勸善懲惡，動存鑒戒，不可謂無補于世。矧夫造意之奇，措詞之妙，粲然自成一家之言，讀之使人喜而手舞足蹈，悲而掩卷墮淚者，蓋亦有之。自非好古博雅，工於文而審於事，焉能臻此哉？至於《秋香亭記》之作，則猶元稹之《鶯鶯傳》也。余將質之宗吉，不知果然否？

洪武十三年夏四月，錢塘凌雲翰序。

《剪燈新話》引

余觀宗吉先生《剪燈新話》，其辭則傳奇之流，其意則子氏之寓言也。宗吉家學淵源，博及群集，屢薦明經，母老不仕，得肆力於文學。余嘗接其論議，觀其著述，如閲武庫，如遊寶坊，無非驚人之奇、希世之珍，是編特武庫、寶坊中之一耳。然則觀是編者，於宗吉之學之博，尚有考也。

洪武十四年秋八月，吴植書於錢塘邑庠進德齋。

《剪燈新話》跋

余幼時觀洪邁《夷堅志》，嘗怪其好奇之甚。然獨百事有於昔、於今乃不目之耶？故置之不復詳覽，非特自矜於己，又恐見誣於人。及考邁在南宋時爲内翰，春秋之筆寓於德暴間，將使後世之善心者感發之，而惡志者懲創之，蓋少補於教化之方云。余同門友瞿宗吉輯其聞見之實，書於簡編，則不拘拘於德暴而誣見説，蓋亦自負董狐之才，將以擴著述之志云尔。今宗吉學富才充，余何企及哉！第因不鄙，出以見示，故敢書于卷端。

洪武辛酉重陽前一日，嚴陵金冕於唐昌邑庠之由義西齋寫。

《剪燈新話》詩並序

余觀昌黎韓子作《毛穎傳》，柳子厚讀而奇之，謂若捕龍蛇、搏虎豹，急與之角而力不敢暇。古之文人，其相推獎類若此。及子厚作《謫龍説》與《河間傳》等，後之人亦未聞有以妄且淫病子厚者，豈前輩所見，有不逮今耶？亦忠厚之志焉尔矣。余友瞿宗吉之爲《剪燈新話》，其所志怪，有過於馬孺子所言，而淫則無若河間之甚者。而或者猶沾沾然置喙於其間，何俗之不古也如是！蓋宗吉以褒善貶惡之學訓導之間，遊其耳目於詞翰之場，聞見既多，積累益富，恐其久而記憶之或忘也，故取其事之尤可以感發、可以懲創者，彙次成編，藏之篋笥，以自怡悦，此宗吉之志也。余不敏，則既不知其是，亦不知其非，不知何者爲可取，何者爲可譏。伏而觀之，但見其有文、有詩、有歌、有辭，有可喜、有可悲、有可駭、有可嗤。信宗吉於文學而又有餘力於他歧者也。宗吉索余題，故爲賦古體一首以覆之云：

山陽才人疇與侶，開口爲今闔爲古。
春以桃花染性情，秋將桂子薰言語。
感離撫遇心怦怦，道是無憑還有憑。
沉沉帳底晝吹笛，煦煦窗間宵剪燈。
倏而晴兮忽而雨，悲欲啼兮喜欲舞。
玉簫倚月吹鳳凰，金柵和烟鎖鸚鵡。

造化有跡尸者誰？一念才萌方寸移。
善善惡惡苟無失，怪怪奇奇將有之。
丈夫未達虎爲狗，濯足滄浪塵數斗。
氣酣骨聳錚有聲，脱幘目光如電走。
道人青蛇天動摇，不斬尋常花月妖。
茫茫塵海漚萬點，落落雲松酒半瓢。
世間萬事幻泡尔，往往有情能不死。
十二巫山誰道深，雲母屏風薄如紙。
鶯鶯宅前芳草迷，燕燕樓中明月低。
從來松柏有孤操，不獨鴛鴦能並栖。
久在錢塘江上住，厭見潮來又潮去。
燕子銜春幾度回？斷夢殘魂落何處？
還君此編長嘯歌，便欲酌以金叵羅。
醉來呼枕睡一覺，高車駟馬遊南柯。

洪武己巳六月六日，睦人桂衡書於紫薇深處。

《剪燈新話》卷後紀

山陽瞿先生《剪燈新話》四卷，僕昔叨尹蜀之蒲江，公餘詣邑泮，廣文田以和出示斯集。閲先生所述，多近代事實。模寫情意，醖釀文辭，濃郁艷麗，委蛇曲折，流出肺腑，恍然若目擊耳聞。懲勸善惡，妙冠今古，誦之令人感慨沾襟者多矣！後聞先生爲國子助教，拜親藩長史，榮亦至矣，恨不獲荆識。越十載之間，與先生簪盍兩京，一見如平生歡，未幾别去。又八稔，先生謫居保安。今年春，僕適有興和之行，掾邊將幕下，去保安遠二百餘里。聲跡相聞，書郵往覆，以快平昔景慕之願。公暇躍馬一訪城南，而先生方擁皋比之席，欣然倒屣相迎，亟呼童子市酒肴，論舊好，感今懷昔。因談及《剪燈新話》，今失其本，喜余存是稿，遂賦詩留别。繾綣之情爲何如也！一日，瑞守唐孟高氏公事抵邊城，以斯集奉寄，又得先生親筆校正，出于一手。不二旬，唐守仍緘回原稿。展翫久之，不能釋卷。就中舛誤頗多，特爲旁注詳明，遂俾舊述傳記，如珠聯玉貫，焕然一新，斯文之幸耶！輒濡毫次第書之，藏於巾笥，以便觀覽。併賦鄙什一首，紀其本末，求先生之清教云。

剪燈携得至興和，傳寫辭疑豕渡河。
遠托郡侯親寄奉，又經國相訂差訛。

牡丹燈下花妖麗，桂子亭前月色多。
讀到三山恩負處，令人兩淚自滂沱。

永樂十八年五月十日，盱江胡子昂書。

《秋香亭記》跋

夫婦，人之大倫，然天緣有分，人事難齊。雖苟合於一時，貽譏嘲於千古。若相如之於卓文君，陶穀之於秦弱蘭，一以琴心挑戲，一以詞語合歡，中冓之言大可醜也。予觀山陽瞿宗吉長史《秋香亭記》，記述錢塘商氏與姑女楊采采事，相（奎章閣本作「因」）慨焉。二家聯姻親之夙好，佩父母之成言，事不和諧，時相乖異。寓恩私於詞翰，適中正之道途，而異其事、感其人、憐其才，而著其美。賦唐律一章云：

秋香亭上月明宵，好是商郎悦采嬌。
青鳥傳書懷阿母，綵鸞移帳失文簫。
釵分剪燈灰心久，錦寄回文入夢遥。
烏鵲橋頭風景異，此情應與恨俱消。

永樂庚子蕤賓望日，廬陵晏璧彦文甫跋。

《剪燈新話》卷後志

予昔官臺幕，識錢塘瞿存齋先生于胄監。衆推先生學識俊邁，予請爲《歷代叙略》題辭。未遑詳接談論，予尋以内艱守制金華。服闋，應求賢舉，拜春官儀制員外。先生以才德老成，陞擢王相，之河南矣！間以進表至京，一見即别。及侍少宗伯浚儀趙公語云：「前參政浙垣，曾見先生所著《剪燈新話》，紀事有善惡，有悲喜，可勸懲。雖涉怪奇，而善形容寓意，文贍而詞工，可誅奸諛，勵貞節。」予心識之，惜未及見。後出守瑞州，地遠事繁，睽隔久之。適以事移灤陽，先生亦繼至，朝夕請益。語及《剪燈新話》，云舊本失之已久，自恨終不得見矣。既而趙公由大宗伯轉夏官司馬，奉命同監察御史鄭君貴謨等，按臨關外，因至灤陽。公餘，談及先生《秋香亭記》，俾予求稿，先生書之以奉。越歲，盱江竹雪翁胡子昂，以備禦興和將幕掾，訪予，同拜先生。觴酌間，子昂告以昔尹蜀之蒲江，文學掾田以和出示先生所著《剪燈新話》，令人謄録，多魯魚亥豕之失，稿今留僑寓。先生喜甚。予因至興和，得而覽之，於趙公之言有徵，可以豁沖襟而發忠憤。遂假以歸，求先生爲正其訛謬，謄本收藏，緘原本還子昂。遂志其由於卷末，後之覽者知所自云。

永樂庚子秋八月既望，金華唐岳書于息軒。

重校《剪燈新話》後序

少日讀書之暇，性善著述，螢窗雪案，手筆不輟。每爲鄉丈栢軒凌公所稱許，不知者有玩物喪志之譏。而決意不回，殆忘寢食。久而長編巨册，積成部帙。治經則有《春秋貫珠》、《春秋捷音》、《正葩掇英》、《誠意齋課稿》；閲史則有《管見摘編》、《集覽鐫誤》；作詩則有《鼓吹續音》、《風木遺音》、《樂府擬題》、《屏山佳趣》、《香臺集》、《采芹稿》；攻文則有《名賢文粹》、《存齋類編》；填詞則有《餘清曲譜》、《天機雲錦》；纂言紀事則有《遊藝録》、《剪燈録》、《大藏搜奇》、《學海遺珠》等集。自戊子歲獲譴以來，散亡零落，略無存者。投棄山後，與農圃爲徒。念夙志之乖違，憐舊學之荒廢，晝空默坐，付之長太息而已！間遇一二士友求索舊聞，心倦神疲，不能記憶，茫然無以應也。近會胡君子昂以《剪燈新話》四卷見示，則得之於四川之蒲江，子昂請爲校正。而唐君孟高、汪君彦齡，皆親爲謄録之。字畫端楷，極爲精緻。蓋是集爲好事者傳之四方，抄寫失真，舛誤頗多；或有鏤版者，則又脱略彌甚。故特記之卷後，俾舛誤脱略者見之，知是本之爲真確，或可從而改正云。抑是集成於洪武戊午歲，距今四十四禩矣。彼時年富力强，鋭於立言，或傳聞未詳，或鋪張太過，未免有所疎率。今老矣，雖欲追悔，不可及也！覽者宜識之。

永樂十九年歲次辛丑正月燈夕，七十五歲翁錢塘瞿佑宗吉甫書于保安城南寓舍。

題《剪燈録》後絶句四首

午酒初醒啜茗餘，香消金鴨夜窗虚。
剪燈濡筆清無寐，録得人間未見書。

風動踈簾月滿臺，敲棋不見可人來。
只消幾紙閑文字，待得燈花半夜開。

花落銀釭午夜深，手書細字苦推尋。
不知異日燈窗下，還有人能識此心？

辛苦編書百不能，搜奇述異費溪藤。
近來陡覺虚名著，往往逢人問剪燈。

昔在鄉里，編輯《剪燈録》前後續别四集，每集自甲至癸分爲十卷，又自爲一詩題於集後。今此集不存，而詩尚能記憶，因閲《新話》，遂附寫於卷末云。存齋

姪瞿暹刊行

《剪燈新話》句解跋

志怪之書尚矣，雖曰不經，苟非博雅，不能言矣。山陽瞿存齋，實惟博雅之士，不遇於世，退而放言。其所著述多方，幾數十篇。且是篇蓋本諸傳奇，雖符於語怪，固亦文章游刃地，況又善可勸而惡可懲者，其惡可已乎！近世記誦文字者，必於是焉假途而祈嚮，然而引用經史語多，咸以無釋爲恨。歲丁未秋，禮部令史宋龔者求釋於余。余以爲稗說不適於實用，何以釋爲，乃辭。既而思之，《山海經》、《博物志》，語涉吊詭，俱有箋疏；佛氏諸典，字本梵書，尚皆鑿空而演解。其釋是書，不猶愈於釋梵書者乎？於是就滄洲大人而謀焉。意既克合，方始輯疏。纔解一録，而滄洲適居棘于宣城。余獨以平昔所記聞，竊爲之盡釋。學雖愧於三多，注不讓於五臣。但所釋者雖似煩冗，其於易解，未必不爲擊蒙之指南矣。資是而學爲文字，則亦不可謂無少補矣。或有嘲於余曰：「昔韓愈嘗作《毛穎傳》，張籍譏其駁雜無實。瞿氏是書，固駁雜之尤者也，而吾子從而注解，寧無譏乎？聖賢經世之書不一而足，吾子去彼而取此何？」余答曰：「聖賢之書，先儒之訓詁備矣。然猶今世之學者，其深造乎道者蓋無。與其學聖賢書，而不能深造于道，孰若學是書，而以爲談助乎？且古人以爲經傳，道之筌蹄也，況是書乎？雖然，初學者誠能解文於此而求道於彼，則是書亦經傳之筌蹄也。顧何以譏余乎？」遂爲讎正，委諸宋龔，使之募印。嘻，龔之志勤矣！龔，吏也，惟簿書是急。乃於是書，已欲昭昭而又欲使人昭昭。推此志也，雖古之與人爲善者，不是過也。然而龔也不克鏤板，乃輳合木字而印之。字多刓缺，覽者病焉。今茲滄洲以天官卿兼提調校書館，而諸員尹繼延者，稟於其提調，欲入梓以廣其傳。余更爲之删煩就簡，以爲句解，而滄洲實訂正焉。因撮其注釋之梗概，書諸顛末。龔之印本，訖於己酉，而繼延之購刻，終於己未。詳録其年，俾來者知之。

嘉靖己未五月下瀚，青州垂胡子跋。

題注解《剪燈新話》後

錢塘瞿佑宗吉氏，身際洪武、永樂之間，心有所感，托之於文。其事則述其神異之跡、男女之情；其意則主乎善惡報應之孔昭、君臣會遇之甚難。今讀《秋香亭記》，尚爲之淚下。宗吉氏何以爲心而把筆哉？後之人讀其文，便以爲稗説而忽之，何足以知宗吉氏之心哉？但其所爲文，廣引百家，博採諸子，讀者不得其説，如遊汗漫而不知止焉。青州林君芑子育，以博問强記之學，未試於世，無所攄發，遂注此書。窮搜冥索，少無踈漏，使隱者即見，微者即顯，其爲忠臣於宗吉氏，可謂至矣！芸閣唱准尹繼延手書入梓，以廣其傳，可謂勤矣！世謂此注出於余者，非也。余忝在玉堂時，偶見陶九成所著《説郛》，得數段添入而已，余豈能辨此哉？上自儒生，下至胥吏，喜讀此書，以爲曉解文理之捷徑，而所患者，用事難尋，而造語難知爾。今因此注，一披而盡，昧者以明，窒者通。上焉爲立揚之資，下（以）焉爲文簿之用，其有補於初學大矣！然則林君之注、繼延之刻，可嘉也已。若宗吉氏之心，注未之及，故仍書之，以爲讀此書者之指南，而扶持名教之一助云爾。

嘉靖甲子閏二月日，正憲大夫刑曹判書兼藝文館提學尹春年謹跋。

附録三 《秋香亭記》與瞿佑的自傳心態

瞿佑的《秋香亭記》，被學界視作自傳體小説，在瞿佑研究中則往往被直接當作了史實。但是，筆者發現，《秋香亭記》現存兩種不同版本，那麽當以何者爲據？兩種不同版本，又是如何引起，與瞿佑是否有關？這些都是下文需要回答的問題。

一、兩種《秋香亭記》

《秋香亭記》今存多種版本。經查，《剪燈新話》清江堂本、朝鮮句解本、日本句解本所附《秋香亭記》，屬於瞿佑晚年定本，文字基本一樣，没有多大變化。章甫言刻本、黄正位校本、虞淳熙序本之間，也少變化，屬於早期刊本。《秋香亭記》曾被收入各種選本，如《萬錦情林》卷二、林本《燕居筆記》卷六、余本《燕居筆記》卷七、《稗家粹編》卷二等，文字變化不大，都源出早期刊本。但早期刊本與晚年定本差别甚大。

將《秋香亭記》進行比較，異文竟達五十多處。爲避繁冗，下文把章甫言本、黄正位本、虞淳熙本、《稗家粹編》等統稱爲「早期刊本」，句解本、清江堂本等統稱爲「晚年定本」，而早期刊本之間尚有少許文字差異，不再具體細分。

適高郵張氏兵起，三吴擾亂。生父挈家南歸錢塘，展轉岩乩、四明以避亂。女家亦北徙金陵。音耗不通者二載。洪武初元，國朝統一，區夏道途，行李往來無阻。（早期刊本）

適高郵張氏兵起，三吴擾亂。生父挈家南歸臨安，展轉會稽、四明以避亂。女家亦北徙金陵。音耗不通者十載。吴元年，國朝混一，道路始通。（晚年定本）

「錢塘」與「臨安」，乃地名之换；朱元璋從軍後，一直用韓林兒的龍鳳年號，至一三六六年始改明年爲「吴元年」，吴元年即一三六七年，該年底再改明年爲「洪武元年」；「二載」與「十載」僅是時間不同而已。此三處明顯屬於内容上的修改，但文義均通。

以其負約，不復作書，止令賫二物往，以通音問。蒼頭至門，趑趄進退，未敢遽入也。值女垂簾獨立，見其行止，亦頗識之，遽搴簾呼問曰：「得非商兄家舊人也？」蒼頭曰諾，遂以二物進，並致生意。女動問良久，淚數行下。乃剪烏絲襴，爲簡回生。（早期刊本）

恨其負約，不復致書，但以蒼頭己意，托交親之故，求一見以覘其情。王氏亦金陵巨室，開彩帛鋪於市，適女垂簾獨立，見蒼頭趑趄於門，遽呼之曰：「得非商兄家舊人耶？」即命之入，詢問動静，顔色慘怛。蒼頭以二物進，女怪其無書，具述生意以

告。女吁嗟抑塞，不能致辭，以酒饌待之。約其明日再來叙話。蒼頭如命而往。女

剪烏絲欄，修簡遺生。（晚年定本）

早期刊本簡潔、順暢，心理活動細緻入微。晚年定本則添加了三條信息：王氏夫家情況、采采酒饌招待蒼頭、「約其明日再來叙話」，也屬於内容上的變更。采采書信異文更多，下文再論。

《剪燈新話》其它篇目亦有語句的變動，但是没有《秋香亭記》的力度大。現有資料表明，它與瞿佑晚年的一次「書之以奉」有關。唐岳在永樂庚子秋八月即永樂十八年（一四二〇）所作《〈剪燈新話〉卷後志》云：

適以事移灤陽，先生亦繼至，朝夕請益。語及《剪燈新話》，云舊本失之已久，自恨終不得見矣。既而趙公由大宗伯轉夏官司馬，奉命同監察御史鄭君貴謨等，按臨關外，因至灤陽。公餘，談及先生《秋香亭記》，俾予求稿，先生書之以奉。

《剪燈新話》「舊本失之已久」的情況，瞿佑在《重校〈剪燈新話〉後序》中亦曾提及：「自戊子歲獲譴以來，散亡零落，略無存者。……間遇一二士友求索舊聞，心倦神疲，不能記憶，茫然無以應也。」趙羾「由大宗伯轉夏官司馬」，任兵部尚書，在永樂十五年（一四一七）十一月，「按臨關外」則在永樂十七年（一四一九）。瞿佑洪武十一年（一三七八）完成《剪燈

新話》，時年三十二歲。趙玨委托唐岳索要《秋香亭記》時，距《剪燈新話》成書已經四十二年，瞿佑時已七十三歲，「書之以奉」，只能是憑記憶來書寫了。即使記憶再好，也肯定有差。所以瞿佑幾乎是在「再創作」了，存在很多異文，也就在情理之中了。

憑記憶重寫《秋香亭記》後的第三年，也就是永樂十九年（一四二一）正月，瞿佑時年七十五歲，有機會爲胡子昂等人校正《剪燈新話》時，毫無疑問會將永樂十七年的「修改」保存到晚年定本中，也就是我們現在所見到的句解本。《剪燈新話》的其它篇目多有語句的變動，但是沒有《秋香亭記》的力度大，其原因就是《秋香亭記》在永樂十七年重寫了一次，而其它篇目僅在原來的文字基礎上進行修改完善。

所以，現存兩種版本的《秋香亭記》，應是事實。

二、不同自傳心態

今天我們已經把《秋香亭記》當作瞿佑的自傳來看待，但與瞿佑同時的人却並非這樣肯定。洪武十三年（一三八〇）夏四月錢塘凌雲翰序《剪燈新話》時還說：「至於《秋香亭記》之作，則猶元稹之《鶯鶯傳》也。余將質之宗吉，不知果然否？」當初寫作《秋香亭記》時，瞿佑或許是有所顧忌，因而虛構成分較大，半遮半掩。

浦城已殁，商氏尚存。生自幼以聰敏爲戚黨所稱。商氏即生之祖姑也。嘗撫生指采采謂曰：「汝宜益加進修，吾孫女誓不適他族，當令事汝，蓋欲繼二姓之歡，永以爲好也。」其父母樂聞此語，喜而從命，即欲歸之。而生嚴親以生年幼，恐其怠於筆硯，請俟他日。是時生始弱冠，女年及笄，日相嬉戲於宅中秋香亭上。（早期刊本）

浦城已殁，商氏尚存。生少年，氣稟清淑，性質温粹，與采采俱在童丱。商氏即生之祖姑也。每讀書之暇，與采采共戲於庭，爲商氏所鍾愛。嘗撫生指采采謂曰：「汝宜益加進修，吾孫女誓不適他族，當令事汝，以續二姓之親，永以爲好也。」女父母樂聞此言，即欲歸之。而生嚴親以生年幼，恐其怠於學業，請俟他日。生女因商氏之言，倍相憐愛。數歲，遇中秋月夕，家人會飲沾醉，遂同遊於生宅秋香亭上。（晚年定本）

古代弱冠指男子二十歲，及笄指女子十五歲。據《明史》卷一二三張士誠本傳，張氏至正十三年（一三五三）起事，陷泰州，據高郵，十六年（一三五六）陷平江（即蘇州），據湖州、常州、杭州。那麽，「生始弱冠，女年及笄」在「三吴擾亂」之前，據此推算，「三吴擾亂」時商生已二十三歲，女十八歲了。而瞿佑生於一三四七年，「三吴擾亂」時才九歲。在年歲上，商生與瞿佑相差甚遠，早期刊本的虚構成分較多。然而晚年定本改爲「生少年，氣稟清淑，性質温粹，與采采俱在童丱」。「童丱」意在年幼，就很符合瞿佑「三吴擾亂」時九歲的史實了。

早期刊本中，在「生始弱冠，女年及笄」的情況下，生、女「日相嬉戲」，也有不甚合情理處：一者男女已經長大成人，應有所避忌；二者「日相嬉戲」，與前文所叙「生嚴親以生年幼，恐其怠於筆硯，請俟他日」不合。然而晚年定本改爲生與采采「俱在童丱」，「每讀書之暇，與采采共戲於庭」，就較合乎情理了。

可見，早期刊本的虚構性在句解本中已經減弱，自傳性明顯加强了。在細節方面，晚年定本也越來越具體化。

至正間，有商生者，隨父宦遊浙西，寓居吴郡。（早期刊本）

至正間，有商生者，隨父宦遊姑蘇，僑居烏鵲橋。（晚年定本）

早期刊本還較含糊，但晚年定本已經將瞿佑出生錢塘、寓居姑蘇（蘇州）的生平真實透露出來了。如果再加上瞿佑晚年《歸田詩話》及其詩歌的關涉和暗示，如「桂老花殘歲月催，秋香無復舊亭臺。傷心烏鵲橋頭水，猶往閶門北岸來」（《過蘇州三首》其二）顯示出來的「桂老」「秋香亭」「烏鵲橋」等特定信息，明眼人一看就知，也就等於坦承《秋香亭記》是自傳了。

則女已適太原王氏，生一子矣。（早期刊本）

則女以甲辰年適太原王氏，有子矣……王氏亦金陵巨室，開彩帛鋪於市。（晚年定本）

早期刊本對楊采采的去向只提供了一個信息：「適太原王氏」，籍貫太原的金陵王氏何其之多，顯得甚是隱諱。但是晚年定本於此還添加了三個重要信息：「甲辰年」（至正二十四年，即一三六四年）、「金陵巨室」、「開彩帛鋪」，就等於一步步縮小範圍，簡直可以按圖索驥，具體指認了。

《秋香亭記》言商生至正二十七年遣派老蒼頭尋訪楊采采，事實上瞿佑至正二十六年（一三六六，丙午年）曾到姑蘇，時十九歲。瞿佑所作《八聲甘州》自序云：「丙午秋，重到姑蘇，登樓自作。」

生之友山陽瞿佑，與生同里，往來最熟，備知其詳。（早期刊本）

生之友山陽瞿佑，備知其詳。（晚年定本）

早期刊本强調山陽瞿佑「與生同里，往來最熟」，遮遮掩掩，有意讓人不將二者混同，但是又確有「此地無銀三百兩」之嫌疑。晚年定本將此删去，恐怕是自傳性質已經公開，完全没有掩蓋的必要了。而且四十多年過去了，《秋香亭記》自傳的事實已爲人知。

（秋香亭上）有二大桂樹，垂陰婆娑。中秋之夕，家人會飲，生、女私於其下誓心

焉。（早期刊本）

數歲，遇中秋月夕，家人會飲沾醉，遂同遊於生宅秋香亭上。有二桂樹，垂陰婆娑，花方盛開，月色團圓，香氣穠馥，生、女私於其下語心焉。（晚年定本）

早期刊本中，生女已是成人，「私於其下誓心焉」含有男女歡會的海誓山盟性質（也與下文采采書信所言的「昔日歡情」一脉相承）。然而晚年定本中「生女私於其下語心焉」，則是少男少女朦朦朧朧的愛情憧憬，更多花好月圓的浪漫氛圍。去掉了虛構成分，還其愛情本真，體現出來的青梅竹馬的純情也就更加真摯和動人。

而且，筆者發現早期刊本以情貫串始終，但晚年定本却滲透了情與理的考量，采采的修書體現得最爲明顯。

伏承來使，具述綢繆。昔日歡情，一旦終阻。自遭喪亂，十載于兹。祖母辭堂，先君棄室。煢然形影，四顧無依。欲終守前盟，則鱗鴻永絶；欲徑行小諒，則溝瀆莫知。不幸委身從人，苟延微命。雖應酬之際，强爲笑歡；而岑寂之中，不勝傷感。追思舊事，恍若前朝。華翰銘心，佳音在耳。每孤燈夜永，落葉秋高，往往目斷遥天，情牽異域。半衾未暖，幽夢難通，一枕才欹，驚魂又散。豈意高明不棄，撫念過深。加沛澤以滂施，廣餘光而下照，採葑菲之下體，托蘿葛之微蹤。復致耀首之華、膏唇之飾，衰容非故，厚惠何施？雖荷殊恩，愈懷深愧！蓋自近歲以來，形銷體削，面目可憎，覽鏡徘徊，自疑非我。兄若見之，亦當賤惡而棄去，尚何矜恤之有哉！倘恩情未盡，當結姻緣於來世矣！没身之恨，懊歎何言。拜會無期，憂思靡竭，惟宜自保以冀遠圖，無以此爲深念也。臨楮嗚咽，情不能伸。復作律詩一章，上瀆清覽，苟或察其詞而恕其意，使篋扇懷恩、綈袍戀德，則雖死之日，猶生之年也。

（早期刊本）

早期刊本中，采采書信總體感覺是追憶歡情，寄望重好。雖語極無奈和沉痛，但也透露出女性在舊時情人面前所特有的較濃的撒嬌意味。「自近歲以來，形銷體削，面目可憎，覽鏡徘徊，自疑非我。兄若見之，亦當賤惡而棄去，尚何矜恤之有哉」就有「自疑非我」，但「高明不棄」的意味。「倘恩情未盡，當結因緣於來世矣。没身之恨，懊歎何言。拜會無期，憂思靡竭，惟宜自保以冀遠圖，無以此爲深念也。」雖語來生，但仍寄望今世再合。對再次「重逢」的戀人而言，這種情感是完全真實的。

但在晚年定本中，采采書信更多地體現對人生的感喟和愛情始末的理性分析，體現出濃厚的絕望情緒：

伏承來使，具述前因。天不成全，事多間阻。蓋自前朝失政，列郡受兵，大傷小亡，弱肉强食。薦遭禍亂，十載于此。偶獲生存，一身非故。東西奔竄，左右逃逋。祖母辭堂，先君捐館。避終風之狂暴，慮行露之沾濡。欲終守前盟，則鱗鴻永絶；欲徑行小諒，則溝瀆莫知。不幸委身從人，延命度日。顧伶俜之弱質，值屯蹇之衰年，往往對景關情，逢時起恨。雖應酬之際，勉爲笑歡，而岑寂之中，不勝傷感。追思舊事，如在昨朝。華翰銘心，佳音屬耳。半衾未暖，幽夢難通；一枕才欹，驚魂又散。視容光之減舊，知憔悴之因郎；悵後會之無由，歎今生之虚度！豈意高明不棄，撫念過深。加沛澤以滂施，回餘光以反照；採葑菲之下體，記蘿蔦之微蹤。復致耀首之華、膏唇之飾，衰容頓改，厚惠何施？雖荷恩私，愈增慚愧！而況邇來形銷體削，食减心煩，知來日之無多，念此身之如寄。兄若見之，亦當賤惡而棄去，尚何矜恤之有焉！倘恩情未盡，當結伉儷於來生，續婚姻於後世爾！臨楮嗚咽，悲不能禁。復製五十六字，上瀆清覽，苟或察其辭而恕其意，使篋扇懷恩、綈袍戀德，則雖死之日，猶生之年也。（晚年定本）

「蓋自前朝失政，列郡受兵，大傷小亡，弱肉强食」句應是後來改作，因在吴元年，大明未建，采采不應在信中使用「前朝」之稱；如此表達政治信息，也不很符合女性心理。晚年定本删掉了「宜自保以冀遠圖」等句子，增加了「顧伶俜之弱質，值屯蹇之衰年」、「悵後會之無由，歎今生之虚度」、「知來日之無多，念此身之如寄」等内容，説明希望已經破滅，體現出完全的絶望，這只能在事情已經結束、無以挽回和更改的情況下發生。而且書信中還彌漫一種事過境遷式的「天不成全」之感。這些只能説明，瞿佑已經知道采采所過的是「來日無多」、「此身如寄」的日子，並且很有可能采采較早就因「食減心煩」而鬱鬱身亡了。那麽，這只能是事後的追憶了。而且，這正是瞿佑七十五歲時的晚年定本，當時商生與采采的情緣已經塵埃落定了。

瞿佑晚年所作《過蘇州三首》（其二）云：

桂老花殘歲月催，秋香無復舊亭臺。
傷心烏鵲橋頭水，猶往閶門北岸來。

顯然是模仿（或步韻）陸游《沈園二首》（之一）：

落日城頭畫角哀，沈園非復舊池臺。
傷心橋下春波緑，曾見驚鴻照影來。

以瞿佑之才，如此模仿，並非江郎才盡，應屬於「心有戚戚焉」的用典，也正如他所坦承：「予垂老流落，途窮歲晚，每誦此數聯，輒爲之凄然，似爲予設也。」（《歸田詩話》卷中「沈園感舊」條）所以，與唐琬的結局應類似，采采亦很有可能是鬱鬱早亡。

生之友山陽瞿佑，與生同里，往來最熟，備知其詳，既以理諭之，復作《滿庭芳》一闋，以釋其情。（早期刊本）

早期刊本强調「釋其情」，意在消解情緒。但是晚年定本是：

生之友山陽瞿佑，備知其詳，既以理諭之，復製《滿庭芳》一闋，以著其事。（晚年定本）

因爲結局（生終不忘情，采采可能早逝）已經顯現，「情」已無法去「釋」，「欲說還休，欲說還休」，又何必去招惹，只能比較客觀地「著其事」了。

再看瞿佑《歸田詩話》卷上《還珠吟》云：

張文昌《還珠吟》：「君知妾有夫，贈妾雙明珠。感君綢繆意，繫在繡羅襦。妾家高樓連苑起，良人執戟明光裏。還君明珠雙淚垂，何不相逢未嫁時。」予少日嘗擬樂府百篇，《續還珠吟》云：「妾身未嫁父母憐，妾身既嫁室家全。十載之前父爲主，十載之後夫爲天。平生未省窺門户，明珠何由到妾邊？還君明珠恨君意，閉門自咎涕漣漣。」

《還珠吟》是有緣無份之詩，與商生與采采故事很相似。瞿佑之詩雖是擬作，但與采采詩「願得他年如此樹，錦裁步障護明珠」和「音耗不通者十載」而發生的變故以及「女吁嗟抑塞，不能致辭」等聯繫起來，應非無病呻吟，而是有感而發。

《西湖遊覽志餘》卷十六《香奩艷語》載：

安榮坊倪氏女者，少姣好，瞿宗吉嘗屬意焉。及長，委身爲小吏妻。一日，與宗吉邂逅於吴山下，凄然感舊，邀歸其廬，置酒叙話，爲賦《安榮美人行》云：「吴山山下安榮里，陋巷窮居有西子。嫣然一笑坐生春，信是天人謫居此。相逢昔在十年前，雙鬟未合臉如蓮。學畫蛾眉揮彩筆，偷傳雁字卜金錢。相逢今在十年後，鬢髮如雲眼光溜。風吹繡帶露羅鞋，酒泛銀杯沾翠袖。自言文史舊曾知，寫景題詩事事宜。但傳秦女吹簫譜，不詠湘靈鼓瑟辭。暮雨朝雲容易度，野鴨家鷄竟相妒。當時自詫苑中花，今日翻成道傍樹。我聞此語重悲傷，對景徘徊欲斷腸。渭城楊柳歌三叠，溢水琵琶泣數行。相送出門留後約，暮天慘慘東風惡。醉歸感舊賦新篇，重與佳人嗟命薄。」

從其行事和「相逢昔在十年前」、「相逢今在十年後」等語句等來看，《安榮美人行》似乎也有采采原型的影子，或者是瞿佑再次發生了一場新的感情，然而亦是不如意的結局。

不同的版本體現出不同的自傳心態，在中國古代文學史上尚無二例，《秋香亭記》爲我們提供了一個令人回味的樣本。

（原載《社會科學研究》二〇〇七年第三期。今參照新資料略作修訂）

主要參校書目

一、據校書目

剪燈新話　明瞿佑著，章甫言刻本，國家圖書館藏本。

剪燈新話　明瞿佑著，黄正位校本，日本早稻田大學藏本；國家圖書館藏殘本（存卷四）。

剪燈新話　明瞿佑著，虞淳熙序刻本，《明清善本小説叢刊》初編，天一出版社一九八五年影印本。

剪燈新話　明瞿佑著，上海圖書館藏殘本（存十一篇）。

剪燈新話　明瞿佑著，楊氏清江書堂刻本，《續修四庫全書》集部一七八七册，上海古籍出版社二〇〇三年影印本。

剪燈新話句解　明瞿佑著，韓國首爾大學奎章閣藏朝鮮刻本，《朝鮮所刊中國珍本小説叢刊》，上海古籍出版社二〇一四年影印本。

剪燈新話句解　明瞿佑著，日本内閣文庫藏明嘉靖刻本，《古本小説集成》，上海古籍出版社一九九四年影印本。

剪燈新話句解　明瞿佑著，日本内閣文庫藏。
剪燈新話　明瞿佑著，周楞伽（夷）校注，古典文學出版社一九五七年排印本；上海古籍出版社一九八一年排印本。
稗家粹編　明胡文焕編，明萬曆文會堂刻本；《北京圖書館古籍珍本叢刊》第八十册，書目文獻出版社一九八八年影印本；向志柱點校，中華書局二〇一〇年排印本。
太平通載（殘本）　朝鮮成任編，《朝鮮所刊中國珍本小説叢刊》，上海古籍出版社二〇一四年影印本。
訓世評話　朝鮮李邊編，《朝鮮時代漢語教科書叢刊》，中華書局二〇〇五年影印本。
太平廣記　宋李昉等編，汪紹楹點校，中華書局一九六一年排印本。
太平廣記會校　張國風會校，北京燕山出版社二〇一〇年排印本。
太平廣記鈔　明馮夢龍編，《馮夢龍全集》，上海古籍出版社一九九三年影印本。
太平廣記詳節　朝鮮成任編，《朝鮮所刊中國珍本小説叢刊》，上海古籍出版社二〇一四年影印本。
玄怪録　唐牛僧孺撰，程毅中點校，中華書局二〇〇六年排印本；《四庫全書存目叢書》子部第二四五册，齊魯書社一九九五年影印本。

夷堅志　宋洪邁撰，何卓點校，中華書局二〇〇六年排印本。
緑窗新話　宋皇都風月主人編，周楞伽箋注，上海古籍出版社一九九一年排印本。
醉翁談録　宋羅燁編，《續修四庫全書》第一二六六册，上海古籍出版社二〇〇二年影印本。
國色天香　明吴敬所撰，《古本小説集成》，上海古籍出版社一九九一年影印本。
萬錦情林　明余象斗編，《古本小説集成》，上海古籍出版社一九九四年影印本。
繡谷春容　明羊洛敕里起北赤心子彙輯，《古本小説集成》，上海古籍出版社一九九一年影印本。
燕居筆記　明何大掄編，《古本小説集成》，上海古籍出版社一九九一年影印本。
燕居筆記　明余公仁編，《古本小説集成》，上海古籍出版社一九九一年影印本。
燕居筆記　明林近陽編，《古本小説集成》，上海古籍出版社一九九一年影印本。
類説　宋曾慥編，《北京圖書館古籍珍本叢刊》第六二册，書目文獻出版社一九八八年影印本。
顧氏文房小説四十種　明顧元慶編，《北京圖書館古籍珍本叢刊》第八四册，書目文獻出版社一九八八年影印本。
清平山堂話本　明洪楩輯，《古本小説集成》，上海古籍出版社一九九一年影印本。

一見賞心編　鳩兹洛源子編撰，《明清善本小説叢刊初編》，天一出版社一九八五年影印本。
艷異編　明王世貞編，《古本小説集成》，上海古籍出版社一九九三年影印本。
廣艷異編　明吴大震編，《古本小説集成》，上海古籍出版社一九九一年影印本。
古本艷異編　明末安雅堂重校十二卷本，哈佛大學藏。
虞初志　明佚名撰，國家圖書館藏明刻本三種；湯顯祖序本，《四庫全書存目叢書》子部第二四六册，齊魯書社一九九五年影印本。
逸史搜奇　明汪雲程編，《四庫全書存目叢書》子部第二四九册，齊魯書社一九九五年影印本。
情史　明詹詹外史撰，《古本小説集成》，上海古籍出版社一九九四年影印本。
緑窗女史　明秦淮寓客編，崇禎年間心遠堂刻本，哈佛大學哈佛燕京圖書館藏。

二、參考書目

史記（修訂本）　中華書局二〇一四年排印本。
舊唐書　中華書局一九七五年排印本。
新唐書　中華書局一九七五年排印本。
宋史　中華書局一九七七年排印本。

元史　中華書局一九七六年排印本。
明史　中華書局一九七四年排印本。
通典　唐杜佑撰，王文錦等點校，中華書局一九八八年排印本。
武林舊事　宋周密撰，文化藝術出版社一九九八年排印本。
西湖遊覽志　明田汝成輯撰，上海古籍出版社一九九八年排印本。
西湖遊覽志餘　明田汝成輯撰，上海古籍出版社一九九八年排印本。
夢粱録　宋吴自牧撰，文化藝術出版社一九九八年排印本。
蟫精雋　徐伯齡撰，四庫全書本，上海古籍出版社一九八七年影印本。
萬曆野獲編　明沈德符撰，中華書局一九五九年排印本。
明代刊工姓名全録　李國慶著，上海古籍出版社二〇一四年。
瞿佑全集校註　喬光輝校註，《兩浙作家文叢》，浙江古籍出版社二〇一〇年。
全唐五代小説　李時人編校，何滿子審訂，詹緒左覆校，中華書局二〇一四年。
唐五代傳奇集　李劍國輯校，中華書局二〇一五年。
宋代傳奇集　李劍國輯校，中華書局二〇一八年。
古體小説鈔（宋元卷）　程毅中編，中華書局一九九五年。

中國小説史略　魯迅著，《魯迅全集》第九卷，人民文學出版社二〇〇五年。
唐五代志怪傳奇叙録（增訂本）　李劍國著，中華書局二〇一七年。
宋代志怪傳奇叙録（增訂本）　李劍國著，中華書局二〇一八年。
程毅中文存　程毅中著，中華書局二〇〇六年。
程毅中文存續編　程毅中著，中華書局二〇一〇年。
《稗家粹編》與中國古代小説研究　向志柱著，商務印書館二〇一八年。